葛原妙子

Kuzuhara Taeko

川野里子

コレクション日本歌人選070
Collected Works of Japanese Poets

笠間書院

『葛原妙子』——目次

凡　例

一、本書には葛原妙子の短歌五十首を載せた。
一、本書は歌の鑑賞に重点を置き、その補助となりうる題材、話題を書き入れた。
一、本書は次の項目からなる。「作品本文」「出典」「鑑賞」「脚注」「歌人略伝」「略年譜」「筆者解説」「読書案内」
一、「筆者解説」は作品鑑賞に立ち入らずできるかぎり簡素な履歴と背景を解説した。
一、テキスト本文は、『葛原妙子全歌集』（砂子屋書房　平成十四年刊）を軸に、各歌集を参照した。
一、ふりがなは『葛原妙子全歌集』（砂子屋書房）の通りとしたが、一部筆者による読みを（　）付きで提示した部分もある。
一、作品中の漢字は葛原の美意識による正漢字表記を印刷事情の限度まで再現した。
一、作品本文中の年号は、時代感を伝えやすくするため元号を用いた。

葛原妙子

01 アンデルセンのその薄ら氷《ひ》に似し童話抱きつつひと夜ねむりに落ちむとす

【出典】『橙黄』*1（昭和二十五年十一月　女人短歌会刊）所収「霧の花」中

*1　第一歌集『橙黄』は昭和十九年八月から二十五年九月までの四百九十五首を収める。

戦後感覚としての冷え

アンデルセンの童話は、決して子供向けの楽しい「童話」ではない。例えば「人魚姫」「雪の女王」「マッチ売りの少女」などを思い浮かべても、主人公達は冷気のなかで身を削るように立ち尽くす。アンデルセン自身が「私が書いたものはほとんどが私自身の映像である」であると語っているように、そこには孤独の諸相が描かれている。葛原はそのアンデルセンから「薄ら氷」のような冷えを受け取り、冷えをそのまま抱き眠ろうとする。この童話は子供達を眠らせるために読まれたのではなかろう。葛原自身のために選ばれ、自らの裡に湛えられた冷えと同じほどの冷えを湛えた物語として抱かれたのに違いない。[*2]決して溶けず体温に馴染まぬ不思議な氷としてのアンデルセン童話。この冷えの感覚こそ、葛原妙子の世界の質感を語る一つのキーワードである。

この作品は『橙黄』巻頭の一連「霧の花」[*3]の三首目に置かれる。「昭和十九年秋、單身三兒を伴ひ淺間山麓沓掛に疎開、防寒、食料に全く自信なし」と詞書に記されるように、戦争末期に浅間山麓に疎開した葛原が飢えや寒さに怯えながら過ごした一冬を背景とした一連である。凍死に怯えながら子供達を守って過ごした冬の寒さが背景ともなっていよう。この疎開体験は葛原の精神世界にとって重要な契機となり、歌人葛原妙子を誕生させたと言ってもいい。しかし、契機とはそれ以前に十分に用意されたものの表出の機会に他ならない。葛原妙子という歌人の世界は幼少期からの孤独の自覚を核に言葉を待っていたというべきであり、アンデルセン童話は、自らの裡に湛えられた冷えを語る言葉だった。

初句、結句が大幅な字余りであるこの作品は、不安な印象を与える。さながらアンデルセンの冷えの世界に滑り落ちてゆくようでもある。この不安と冷えの感覚こそは近代短歌にはない、戦後を生きる感覚であった。

＊2　家庭の都合により三歳で福井の伯父のもとに預けられた葛原は、孤独で病気がちな幼少期を過ごしている。森岡貞香によれば、晩年近くまで電話をかけてきてはその当時の思い出を泣きながらしばしば語ったという。

＊3　「霧の花」の一連の成立時期について「潮音」の同門であった藤田武が「疎開生活の記録的作品とされていた第一部『霧の花』の大半が、実は、昭和二十五年夏過ぎてからの一週間ほどの間の制作で、全体的に再構成され、逆に『橙黄』のなかの最も新しい部分でもある」（「短歌研究」昭和五十五年十月号）と記している。寺尾登志子『われは燃えむよ』（二〇〇三年八月　ながらみ書房刊）中にも指摘がある。

02

水かぎろひしづかに立てば依らむものこの世にひとつなしと知るべし

【出典】『橙黃』（昭和二十五年十一月　女人短歌会刊）所収「水炎」中

精神の焦土に立つ

第二次大戦の敗戦は昭和二十年（一九四五）八月十五日。見渡す限りの焼け跡となった街のあちこちに陽炎が立ち、街が、大地が、道が水のように揺らぐ。[*1]大地と信じてきたものが大地ではなく、街と信じたものが街ではなく、道と信じたものが道でなく、世界が頼りない光になってしまったかのような感覚を当時の人々は覚えたのではなかったろうか。

葛原は疎開先の浅間山麓で終戦を迎えるが、[*2]敗戦の現実感のない山中にも陽炎は立ちのぼっていた。この歌では、「水かぎろひ」はまるで自らの足元でゆらめいているかのようでもある。自らも大地とともに気体となって頼り

＊1　「水かぎろひ」は「水が太陽の光を反射して陽炎のように揺れ動いているさま」のことで、「地面からの蒸気による空気の乱れで風景や物が揺らめいているさま」である「かげろふ」とは異なるが、混同されることもある。

＊2　葛原自身が疎開先から大田区の自宅に帰ってきた

なく揺らぎながら、葛原は「依らむものこの世にひとつなしと知るべし」と自らに言い聞かせる。まさにこの時、頼りにし、信じてよいものなど何一つこの世にはないという確信に至るのである。

昨日まで信じられていた軍国主義が平和主義に代わり、神であった天皇が人となり、鬼畜米英が憧れの欧米文化として立ち現れるという亀裂。その、とうてい繋がりようのない昨日と今日を無理矢理に繋いでそれぞれに生き延びてきたのが戦後の日本人であった。

第三句以降一息に述べられる言葉は意志的であり力強く真っ直ぐに立ち上がる。年譜によればこの年「作歌の気構えを確かにする」とあるが、敗戦後の焦土に立ったとき、葛原に訪れたのはまずこの自らを信じるほかないという覚悟であった。それは、多くの日本人に訪れたものでもあったが、葛原の場合さらに深く、現実と信じられているものは本当に現実か、この世は本当に信じるに足りるのか、という実存的な問いとして訪れた。それゆえ、この後、葛原は幻想と現実を等分に、あるいは現実以上に幻想を重視し、幻想世界に世界のありかを訪ねるような歌風が出て来る。

のは敗戦の年の年末である。山王の自宅は被災を逃れ、夫の病院も再開できた。そういう意味では葛原は戦争を無傷で生き延び、作歌に専念できる環境にあったと言える。

03 とり落さば火焔とならむてのひらのひとつ柘榴の重みにし耐ふ[*1]

【出典】『橙黄』（昭和二十五年十一月　女人短歌会刊）所収「橙黄」中

*1　初版本『橙黄』では「耐」となっているが、昭和四十九年九月に三一書房より刊行された『葛原妙子歌集』では「耐ふ」と記す。また二〇〇二年刊行の砂子屋書房版『葛原妙子全歌集』でも「耐ふ」となっている。

重量を増した柘榴

熟した柘榴の実は鮮やかなルビー色をしている。さながら赤い爆弾のような実を手のひらに載せながら、もしこの実をとり落としてしまったなら炎となって一気に燃え広がると想うのだ。柘榴は凄まじいばかりの力をもち、危うく、重く、辛うじて手のひらに収まっている。放恣と言えるほどの想像力が柘榴に新しい力を与えた作品である。

下の句の「重みにし耐ふ」は「し」という強調の助詞を伴って、「この重みにこそ耐えているのだ」と押し殺したような強い調子で語られる。現実にはいかに大きな柘榴と言えどその重みに耐えられないはずがない。当然この重さとは精神的な重さであり、柘榴とは葛原自身の心の投影であり、命そのものだ。
同じモチーフがこの作品に先立って詠まれている。所属していた歌誌「潮音」[*2]に戦争中発表された作品である。

柘榴一顆てのひらにあり吉祥の天女ささぐる寶珠のごとく

「潮音」昭和十七年十一月号

ここでの柘榴はいかにも軽い。吉祥天が捧げ持つことからは非常に大切なものであることが伝わるが、柘榴はいかにも小さく軽く慎ましい。作品としても今ひとつの迫力に乏しく美しく纏まってしまっている。それに対して冒頭の柘榴は重く、危ういほどの力を秘めている。戦中から戦後へ。柘榴のこの重量の大きな変化こそ、葛原の内面の変化に他ならない。浅間山麓での厳しい疎開生活を生き延び、信じられるものなどなにもないと戦後の焦土に立った葛原は、自らの裡に宿る命の炎に気付く。その炎が柘榴の形象を得た瞬間、それがこの歌だ。葛原はその危険なほどに激しい炎に怯えつつ、しかし無限の重量を自ら支えようとする意志を滲ませている。

張った韻律と柘榴の鮮烈な映像による抽象性の高い世界は、その後の前衛短歌の到来を予見するかのようだ。

＊2　葛原は昭和十四年四月より「潮音」の社友となり、四賀光子の選をうけるようになる。この頃から終戦までの期間の作品は、良い家庭の良妻賢母といった印象で、後年の葛原らしい世界にはほど遠い習作期と言えよう。戦前戦中に歌人としての本格的な活動をしておらず、戦後に本格的活動を始めたことによって、葛原妙子は現代短歌の魁となったと言えよう。

04

早春のレモンに深くナイフ立つるをとめよ素晴らしき人生を得よ

【出典】『橙黄』（昭和二十五年十一月　女人短歌会刊）所収「橙黄」（けぶれる猫）中

祈りか呪詛か

戦後の食糧難のなかでレモンはどれほど高価だったろう。また西欧的な明るさをもたらす新しい光源でさえあったろう。そのレモンを惜しげもなく切ろうとする娘[*1]に内心感嘆しつつ、新しい時代を颯爽と生きよ、と願うのである。この作品の前には次の作品が置かれる。

をとめの日わが持たざりし堅忍を祕めつつかすかにまなこ燃えむか

戦争を堪え忍んだのち、新しい時代を生きようとする「をとめ」への観察も働いた歌だ。しかし、本当に娘の幸を願う良き母の歌なのか。塚本邦雄は『百珠百華』の中で次のように語る。

「素晴らしき人生」などといふ綺麗事はこの時、作者も、この言葉を

＊1　この「をとめ」は長女の葉子であろうか。後に自らの意志でクリスチャンとして洗礼を受け、葛原と激しく対立することになる長女はすでに母に抗う刃を秘めているようでもある。

奉られる處女も、てんで信じてはゐない。そして信じられないために、この空疎な言葉は、この時、たぐひない光を放たうとする。

この歌がこのような読みを導くのは、一つには句跨がりや字余りによる不穏な響きのためでもある。「をとめ」の人生を寿ぐようでありながら調べは殷々とし、太々と響いてとうてい良き母の慎ましい祈りだとは感じられない。語られている以上のものが迫り出してくるのである。二つ目に違和感となるのは「深くナイフ立つる」であろう。レモンは普通ナイフを水平に当てながら切る。ところがこの歌ではナイフを刃先から垂直に深く突き立て、レモンを「切る」というより刺し貫いている。深読みすれば呪詛のようにも響く「素晴らしき人生を得よ」なのだ。

ところで塚本は「をとめ」に迷うことなく「處女」の字を当てている。「レモン」と「ナイフ」の光彩がもたらす幻惑なのか、男性の読みはあっけなく処女幻想に絡め取られがちだ。少なくとも葛原は「處女」を採らないだろう。ここには葛原の母としてのまなざし、取り残されてゆく世代としての苦さが僅かに滲み出た作品でもあるからだ。しかし、この作品は意味と調べと映像の断裂のゆえにこそ、今日なお謎を秘めて鮮烈である。

05

奔馬ひとつ冬のかすみの奥に消ゆわれのみが纍々と子をもてりけり

【出典】『橙黄』（昭和二十五年十一月　女人短歌会刊）所収「橙黄」（紋章）中

「纍々」と連なるもの

サラブレッドであろうか。馬が一頭しんしんと美しい疾駆をし、霞の彼方に消え去ってゆく。まずこの幻想的な風景が印象に残る。しかし下の句ではこの映像とは対照的に子供達を引き連れ、身動きできぬ「われ」が口惜しそうに佇む。「奔馬」と対比されることによって子供を引き連れた「われ」の重たさ、身動きのできない生が鮮やかに浮かび上がるのだ。

しかし、子供を持つのは「われのみ」ではないはずだ。人類は産み次ぎ、産み次ぎ生き延びてきた。ここで自分だけが、と強調するのはなぜなのか。そこには葛原に訪れていた女の生き方への問いがある。気付けば女達は黙って産み次ぎ子を連れて美しい馬の疾走を見送りながら生きてきたのだ。その無言の歴史に、「われのみが」という独断の亀裂を入れることにより、何かが始まる。積み重なる時間を切断し、「われ」の悔しさを抱えてその歴史に対峙することになるのである。

それゆえ「纍々と」は沢山の子供たちを引き連れて、という解釈を超えて女の歴史や人類の時間の積み重なりが読まれるべきだ。「われのみ」の背後には無数の「われのみ」が連なり、女達の嗟歎はまさに累々とここに振り返られるのである。第四句の大幅な字余り、また「もてり」に「けり」を重ねる重厚な結句は、この嗟歎の誕生を表現して迫り上がるように響く。

『橙黄』刊行時、葛原はすでに四十三歳。戦後という新しい時代を颯爽と生きる若い世代にも属せず、また反対に、戦前に深く根を張った世代でもなかった。戦前と戦後の断裂[*1]のただ中に立ち、産み、育んで過ごした時間をいったいそれは何であったのか、と問う。その問いを残し奔馬は美しく走り去る。馬は新しい世代だろうか？　あるいは男たちだろうか？

＊1　戦前の昭和十四年に厚生省がナチスの「配偶者選択十か条」に倣って「産めよ殖やせよ国のため」を「結婚十訓」の一つとして掲げた。戦後の昭和二十一年には厚生省人口政策委員会が、ＧＨＱの意向を承け逆に「産むな殖やすな」運動を提唱した。

06　わがうたにわれの紋章のいまだあらずたそがれのごとくかなしみきたる

【出典】『橙黄』所収（昭和二十五年十一月　女人短歌会刊）「橙黄」（紋章）中

「紋章」の峻険と高貴

創作者の幸福と不幸は背中合わせだ。表現するということは唯一無二の自らの表現に辿り着くための生涯をかけた旅だと言える。その厳しさを噛みしめるように味わっているのである。

この時、葛原はすでに四十代、歌人として出発するにはいかにも遅い。真の創作者となる希望に目覚めた途端、その希望がそのまま絶望となりかねない状況にあった。戦後本格的に創作活動を始めた葛原はそれ以前の長い時間を比較的慎ましい良妻賢母として過ごしてきた。女性の自立と権利を求める戦後の空気に触れつつ、はじめて葛原は独り創作者としての切り岸に立つことになったのだ。
この歌は「紋章」と題された連作中にあり、次のような作品と並ぶ。

女孤りものを遂げむとする慾のきりきりとかなしかなしくて身悶ゆ

（初出　昭和二十五年「短歌研究」三月号）

第一歌集『橙黄』の出版を十一月に控えたこの時期、のちに代表歌となる作品が並ぶ一連を生み出す。創作の手応えを感じた時期でもあった。この作品では「かなしみ」が詠まれる下の句よりも、まだないはずの「紋章」が詠まれる上の句のほうが強く響き、まるで「紋章」が授けられたかのような錯覚さえ誘う。

それにしても「紋章」[*1]とは何か？「印」でも「証」でもないまるで神から与えられる桂冠のような「紋章」という言葉は、どこか高貴さを感じさせ、生半可な創作者であることを許さない高みを感じさせる。この高貴さと高みの峻険さこそ葛原の作品の芯に宿ってまさに「紋章」となったのである。その後の創作者としての苦しい克己の道のりを思えば、茨の道の始まりを予感するかのような一首である。

＊1　「紋章」は、事典的には「氏族・家やさまざまな団体の系譜、格式、権威などを象徴した装飾的な図柄」のことである。

07 ソ聯参戦二日ののちに夫が呉れしナルコポン・スコポラミンの致死量

【出典】『葛原妙子歌集』（昭和四十九年九月 三一書房刊）所載、異本『橙黄』[*1]所収

*1 異本『橙黄』は、昭和四十九年に『葛原妙子歌集』（三一書房）が刊行された際に収められ、『橙黄』に夥しい改作、訂正を加え、新たな歌を加えた歌集である。

死へと誘う奇妙な名詞

昭和二十年八月六日、広島への原爆投下、続く九日に長崎に原爆が投下され第二次世界大戦における日本の敗北は決定的となる。同じ九日、満州においてソ連軍が参戦、侵攻した。

この歌は、本土にも侵攻してくるであろうソ連軍が想像される状況が背景となっている。夫から自死のための薬が手渡されているのである。葛原の夫は外科医であり、麻酔薬であるスコポラミンは日常的に治療に使われていた。その致死量が目の前にある。当時、敗戦によって女性が暴行されるという噂が流れていた。[*2] 極限の状況が想像されるなか、いざという時は自死を、とい

*2 『増補版昭和・平成家

う夫の突き詰めた独断がさし出されている。

しかし、この作品をひときわ印象深くしているのは何と言っても「ナルコポン・スコポラミン」という奇妙な長い名詞であり、その不穏な響きである。この作品は初版の『橙黄』では次のようになっている。

ソ聯參戰の二日ののちに夫が呉れしスコポラミン一〇C・C掌にあり

初版の『橙黄』から二十四年、葛原は改作を続け、「スコポラミン」を「ナルコポン・スコポラミン」と長く引き伸ばすことで決着した。この改作によって作品は大きな変貌を遂げている。初版では掌に載せた薬を呆然と見つめる妻が描かれ、事実の重みに重心がある。だが、改作では、薬の名前が迫り出し、それは何なのか、という問いが棒立ちしている。この名詞の響きは現実の物語をはみ出し、奇怪な問いとなって一人歩きを始めるのだ。

ナルコポン・スコポラミンは服用中の記憶が消えるとも言われ、強姦時に使われることもあるという。跳ねるように「P」音を響かせながら長々と連なるこの名詞の奇妙で不穏な調べとともに世界が歪み始める。いや、歪んだ世界が露出する、と言うべきか。暴行されるより死を選ぶよう妻に迫る夫の行動も思えば奇怪だ。

庭史年表』（河出書房新社刊）によれば昭和二十年八月十六日の記事として「九州総監府、各県に『血の純潔を保つため婦女子を逃がせ』と通報。熊本県下では中国軍が博多に上陸し、女性を犯し回っているとのデマが流れる。横浜方面では婦女子の疎開盛ん」とある。

08

殲滅といふは軍言葉《いくさ》なれ鏖殺といふは魔の言葉なれ

【出典】『葛原妙子歌集』（昭和四十九年九月　三一書房）所載、異本『橙黄』[*1]「遡行」中

＊1　異本『橙黄』に初出の歌である。

音韻の力競べ

「殲滅」も「鏖殺」も意味は同じ、皆殺しにすることである。だが音韻は大きく異なる。「殲滅（SENMETSU）」がS音の強く響く鋭い音であるのに対して、「鏖殺（OUSATSU）」「おうさつ」はＯＵの音がくぐもり、仄暗い響きを帯びている。どちらがより怖いか、と言われれば、「鏖殺」の方が怖い。得体が知れない奥行きと暗さを感じさせるからだ。葛原はこの音韻の違いを「軍言葉」と「魔の言葉」とに感じ分けた。

塚本邦雄は『百珠百華―葛原妙子の宇宙』で次のように記す。

確かに「殲滅」は軍隊用語であつた。軍隊、殊に舊陸軍には、實に奇

妙な漢語趣味があつて、歐米からの輸入用語で、元來は日本に存在しなかつた事物・風俗・現象をすら、一つ一つ、依怙地なまでに漢訳せねば止まなかつた。（中略）さしも残虐非道を極めた舊陸軍でさへ、「鏖殺」の語感には、見事に位負けして、口に出しかねたのではあるまいか。

第二次大戦中に漢語が跋扈したのはそのシャープで歯切れの良い響きが好まれたからであろう。「殲滅」には、軍側の眼差しによる痛快な、とも感じられる勝利の響きがある。それに対して「鏖殺」には後ろ暗いものがぐぐもる。当然軍が好むのは「殲滅」である。実際には「鏖殺」も『日本外史』などでも使われる「軍言葉」であるが、葛原はその不穏な音韻を強調することによってこの言葉から「軍《いくさ》」の「正当性」を消した。そうしてみると迫り出してくるのは得体の知れない人間の「魔」なのである。

塚本が旧陸軍を「位負け」させたと語る「鏖殺」の力はまさに音韻のためなのだ。言葉には意味以上のものがこもり、生き物のように人の心に食い込んで働く。戦争の歴史にも、人の心の奥深くにも。多くを語らず二つの語を並べる作品だが、一首に漂う毅然とした太い響きは人間の歴史を俯瞰するほどの力が感じられる。

09

ヴィヴィアン・リーと鈴ふるごとき名をもてる手弱女の髪のなびくかたをしらず

【出典】『葛原妙子歌集』（昭和四十九年九月　三一書房刊）所載、『縄文』[*1]所収

音としての言葉

ヴィヴィアン・リー[*2]といえば映画版『風と共に去りぬ』（昭和十四年）でのスカーレット・オハラ役で知られる。あの片方の眉をきゅっと引き上げた気の強そうな美貌は作品のイメージを代弁している。

しかし、葛原はこの映画のヴィヴィアン・リーには興味はなさそうで、その名前から想像力を膨らませている。詩人はしばしば言葉を意味以前の音として感受する。確かに「ヴィヴィアン・リー」は鈴を振るような軽やかな金属音のようで、嫋やかで可憐な女性が想像される。それゆえあえて「手弱女[*3]」と呼ぶのだが、この言葉は葛原の語彙のなかでは珍しいと言えよう。

＊1　『縄文』は、昭和四十九年九月に『葛原妙子歌集』（三一書房）が刊行された際に収められた未刊歌集である。昭和二十五年十二月より昭和二十七年十二月までの二百二十四首を収める。『葛原妙子歌集』刊行までに手が加えられたことが想像され、当時の作風とは言い切れないことを森岡貞香が『葛原妙子全歌集』

論文「再び女人の歌を閉塞するもの」*4で、「戦後の女性の内部に（中略）乾燥した、又粘着した醜い情緒がある」ことを書き、日本女性の背負ってきた家制度の重圧が未だ見ぬ表現の可能性を持っているかも知れぬと訴えた葛原が、「手弱女」のようななよなよとした女性像を肯定するとはとても考えられない。むしろかなり皮肉な使い方なのではないか。

　柔らかく長い金髪を靡かせるヴィヴィアン・リーは、その名前の響きとともに笑い声さえ伴っているように感じられる。それは黒く硬い髪をもち、実直な名前を持つことが多い当時の日本女性と比較するとき、なんという華やかさだろうか。葛原はやや斜めからその美しさを眺めつつ、はるかに遠いものとして、また未知としてその髪の靡いてゆく先はどこなのだか、と思い捨てるのである。葛原は憧れとも憎悪ともとれる西欧への屈折した思いを生涯抱え続けた。決して透明とは言えぬこの歌にもその屈折は滲む。

　ヴィヴィアン・リーは華やかな存在感とは裏腹に自身の病などもあり決して幸福とは言えない一生だった。「なびくかたをしらず」の先にはまた別の哀しみがあった。その悲傷にも微かにこの歌は触れている。

（平成十四年十月　砂子屋書房刊）で指摘している。

*2　イギリスの女優。他にも『欲望という名の電車』（一九五一年）でのブランチ・デュボワ役などで知られる。

*3　手弱女は、たおやかでなよなよとした古典的な優美さをもった女性。反対語として益荒男がある。

*4　「短歌」昭和三十年三月号に発表。戦後を生きる若い女性に求められた清純さ明るさとは対照的に、家制度に抑圧されてきた中年女性の中には「粘着した醜い情緒がある」ことを指摘。それを肯定的に捉え、新しい表現として活かしてゆくべきだと訴えた。

10

傅《かしづ》きし唇赤き少年を打ちしことありやレオナルド・ダ・ヴィンチ

【出典】『葛原妙子歌集』（昭和四十九年九月　三一書房刊）所載、『縄文』所収

エロス仄めく歪んだ美

生涯を娶ることのなかったレオナルド・ダ・ヴィンチには共に暮らした二人の少年がいた。そのうち通称サライ（小悪魔）と呼ばれた少年は「洗礼者ヨハネ」や「モナ・リザ」のモデルではないかとされ、豊かな巻き毛をした美少年である。この少年とは不思議な関係にあったらしい。

レオナルドはサライのことを「泥棒。嘘つき。頑固。大食らい。」とその手稿に記し、具体的に盗まれた物や被害額まで記している。[*1] 総じてサライの品行は良くなかったようだ。だが、なぜか三十年ものあいだ自身の邸宅に住まわせ、高価な衣装を着ることを許すなど甘やかしてもいる。衣装にいくら

＊1　『レオナルド・ダ・ヴィンチの手記（下）』（杉浦明平訳　岩波文庫）

かかったかの値段まで記しており、苦々しく思いながらも手放すことはできなかったようだ。塚本邦雄は「掌中の棘ある珠であった」と語る。[＊2]

この歌では従順な少年をレオナルドが発作的に一方的に打った場面が想像されている。あの神のような天才がこんな感情を秘めているとは、という驚きが走る。だが、これが単なる少年の教育のためとばかり感じられないのは「唇赤き」のためだ。レオナルドを突き動かしたのは抑えがたいエロスの仄めきのためではなかったか。サライがレオナルドに「傅く」ような主従関係であったとは思えない。表面的にはそうであっても精神的にはむしろサライの方がレオナルドを翻弄する立場にあっただろう。翻弄されるレオナルドの愛憎が極まった瞬間であり、最も人間的な裸の感情がここでは曝かれている。

「ありしや」は、そんなことがあったのだろうか、という問いであるが、為にするこの想像はやや意地悪く、伝説の天才の私生活を曝いてゆく。打たれた唇赤い美少年のイメージは、エロスの仄めく歪んだ美しさを放っている。これがレオナルドの奥深くに秘められた火であり、飽くなき美への執念の源泉だったろうか。葛原は美の魔力を思うのだ。

＊2　『百珠百華―葛原妙子の宇宙』

11　長き髪ひきずるごとく貨車ゆきぬ渡橋をくぐりなほもゆくべし

【出典】『飛行』[*1]（昭和二十九年七月　白玉書房刊）所収「冬の少女」中

*1　第三歌集『飛行』は昭和二十八年から二十九年の三百三十七首を収める。

黒髪が引き摺る時間の重さ

たくさんの貨車が連結された長い貨物列車が走ってゆく。重く黒い車体が連なるその姿はまるで長い髪を引き摺るかのようだ。あの貨車は川に架けられた長い橋[*2]を潜るように走り抜け、さらにさらに走り続けるのだろう。遠くなってゆく貨車は長い黒髪の後ろ姿のようで、悩みを抱えもの思う女の後ろ姿のようなのだ。

貨車を髪に見立てた発想は斬新であり、同時にやや無気味でもある。鬱々とした重い調べとともに、貨車に髪のイメージが重ねられる時、貨車は無機的な「物」ではなくなり、身体感覚や心さえ備わるように感じられてくる。人間の感覚はどこまで広げることができるのか。人間以外に、命のないもの

*2　「渡橋」は川に架けられた橋の他に線路を跨ぐように架けられた高架橋などいろいろ考えられる。だが、この作品の遠景となった貨車を長く見送る視線を思えば、高架を潜るような狭い風景ではなく広い川に架けられた橋を想像するのが自然だろう。「くぐり」とあるのは、トラス橋のような

に五感を与えることはできるのか。そのような感覚の拡大こそ『飛行』の歌を書いていた時期に葛原が意識的に模索していた表現であった。髪の重たさを与えられた貨車は、髪の重さのみならず人間の女の心の重たさまで引きずるようなのだ。

この「長き髪」は軽やかなブロンドや栗色ではなく、重い日本の女の黒髪に違いない。この黒髪こそ沈黙がちであった日本の女の心を代弁してきた。

黒髪の乱れも知らずうち臥せばまづかきやりし人ぞ恋しき*3　和泉式部

髪五尺ときなば水にやはらかき少女《をとめ》ごころは秘めて放たじ*4　与謝野晶子

王朝文化の最も華やかだった時期を代表する和泉式部はまさに黒髪の歌人であったが、与謝野晶子もまた『みだれ髪』によって近代短歌の扉を開いた。千年を遥かに超える歴史を貫いて女の髪は何と雄弁だったことだろう。葛原はこのような長い女の黒髪の歴史を見送るように貨車に重ねて想い描いている。女達のこの沈黙の歴史は終わっただろうか。この歌では貨車はどこまでも走るようだ。女達の黒髪はこの先もずっと引き摺られてゆく。戦後という開放的な時代にあって葛原はこのような終わっていないものを見つめていた。

骨組みの覆いがある橋を思えば良いのだろうか。

*3　長い黒髪の乱れるまま臥していると、この髪を何より先に掻き撫で愛してくれた人のことが恋しく思われてなりません。

*4　五尺はおよそ一五〇㎝ほど。水に放った長い黒髪は柔らかく広がるけれど、少女である私の真心は決して軽々と人に渡すようなことはしませんよ。

12

わが死《しに》を禱れるものの影顯《た》ちきゆめゆめ夫などとおもふにあらざるも

【出典】『飛行』(昭和二十九年七月　白玉書房刊)所収「硬質」中

夫という不穏な他者

葛原は常識的なもの、身近なものに疑いの目を向けた。それは時に容赦のない眼差しにもなった。「この私が早く死にますようにと祈っている者が白昼夢に現れました。それがまさか夫だなどとは思いませんけれど」、と。家族と一口に言うが、それは一体何なのだろう。血や肉の縁によって近々と集う。生身の人間の心と心とが常に近々とあり、それは互いに見えないのだ。家族こそ人間の不安が露わになる場かも知れない。

この一首は、結句の「おもふにあらざるも」が曲者である。最後の「も」が口籠もるようで歯切れ悪く、否定しつつ否定し切れていないのだ。擁護されたはずの夫こそが強調され、「私」の死を祈っている者はまさに夫その人であると思えてくる。

この作品が収められている一連「硬質」には次のような歌がある。

頤より下に炎明《ほ》りあれば對《むか》ひゐてわれらとことはにさびしき人々
くらがりに夫がめがねはきらめきつ虚ろに硬き硝子質のまま

確かに冷え冷えとした関係が伝わる歌だが、葛原は創作者としてこの関係をあえて造り出したのではあるまいか。[*1] ここに表現された夫は常識的な関係性からはぐれ、まるで無機物のように「硬き硝子質」となって冷えている。そのように突き放す時、人間の心の深部が大きなボリュームで現れる。人間の存在としての寂しさを徹底して見つめるという葛原の眼差しを最も近くで浴びた人が夫であった。

この作品では、自らの心を過ぎる「魔」が捉えられ、身近な夫もまたその「魔」を湛えてある。家族こそ他者の集う場でもある。

＊1　葛原の長女であり児童文学者の猪熊葉子は、『児童文学最終講義―しあわせな大詰めを求めて―』において、両親の不仲が子ども時代の大きな悩みであったことを告白している。二人の様子を「言葉の繭にこもりがちになってからは、家事のさらなる手抜きが始まり、父親はひどく不満だったのです。そして様々なことで、喧嘩が多発しました」と記す。料理も裁縫も上手で、創作に没頭するようになる前は良妻賢母であったという葛原は、自らの半生を振り切るように創作活動に打ち込んだことが偲ばれる。

13

殺鼠劑食ひたる鼠が屋根うらによろめくさまをおもひてゐたり

【出典】『飛行』（昭和二十九年七月　白玉書房刊）所収「硬質」中

日常の翳に棲むものたち

ネズミ取りを仕掛けた後、多くの人はそこで何が起こっているかを考えたりはしないだろう。しかし殺鼠剤[*1]を仕掛けた以上、鼠が苦しみながら死ぬという出来事は当然起こる。日常は実に多くの想像の空白によって平穏が保たれている。殺鼠剤を食べた鼠に毒が回り、次第に弱ってゆく様子を想像することはいかにも残酷だが、この想像によって日常の空白部分が埋められる。屋根裏で起こっている残酷と、その下で営まれている平穏な日常とは同時に進行している現実なのだ。

私たちは自らの五感に直接触れるもの以外の出来事はまるでないことのよ

＊1　日本最初の黄リン系殺鼠剤「猫いらず」がその代表として知られていたが、現在では規制され、忘れられつつある。大正末から昭和初期には「猫いらず」による自殺が続出したこともあった。その記憶が重ねられているかもしれない。

うに感じがちだ。だが、そこに想像力を加えるとこのような映像が浮かぶ。〈幻視の女王〉とも呼ばれた葛原は、夢物語のような幻想を視たわけではない。むしろ、現実を確かに視るために想像力を使い、感覚を鋭敏にした。

　連作中のこの作品の後には次のような歌が並ぶ。

わが連想かぎりなく残酷となりゆくは降り積みし雪の翳くろきゆゑ

　雪は輝くような白、と思いがちだが、葛原はその「翳」に注目する。明るい戦後の日常のなかで葛原の想像力はその翳を思うのだ。

　この歌では後半がすべてひらがなで表記されており、いかにもよろよろと鼠が歩むようだ。「おもひてゐたり」は長々とその鼠を追うかのようでこの辺りはやや嗜虐的でもある。この微量の毒こそ、この作品を忘れ難いものにしている。

14　マリヤの胸にくれなゐの乳頭を點じたるかなしみふかき繪を去りかねつ

【出典】『飛行』（昭和二十九年七月　白玉書房刊）所収「手套」中

生身の女となる聖母

聖母マリアは、普通の人間であってはならない。聖なるものであるために、その肖像は清楚に簡素に描かれ、衣服も持ち物もその姿勢さえ様式化されている。乳頭まで露わになった像はかなり珍しい。[*1] 幼いイエスに乳を含ませている古いイコンでは、マリアは無表情に前を見つめたままであり、素っ気ないほどその乳房は簡単に描写されている。乳頭はもちろん見えない。マリアは肉体をもつ女であってはならないのだ。

そのようなマリア像に、あるとき「くれなゐの乳頭」を描き込んだ画家がいたという。画僧だろうか、あるいは画家だろうか、禁忌を破り女であるこ

*1　美術史家の宮下規久朗によれば、ほぼない、という。

とを禁じられたマリアに息づく肉体を与えずにいられなかった。その衝動を葛原は「かなしみふかき」と言う。聖母を信仰の対象としてではなく、生身の人間として見る[*2]とき、肉体を奪われているその姿はいかにも痛ましく哀しい。同時に、イコンを生身にせずにいられなかった画家の裡の性の仄めきも哀しい。まるで画家とマリアとが肉をもって刹那出逢ったかのようだ。

葛原は母であることを常に悲哀を伴って描く。マリア像も人々を救う存在ではなく嬰児を抱かされて途方に暮れるかのように描かれる。

悲傷のはじまりとせむ若き母みどりごに乳をふふますること　『原牛』

風媒のたまものとしてマリヤは蛹のごとき嬰児を抱《いだ》きぬ　同

聖母にされてしまったマリアという女に葛原は自らの存在を重ねずにはいられなかった。母であることはしばしば女であることと齟齬する。多くの女はその齟齬と矛盾を沈黙の裡に抱えながら生きている。聖母マリアはその象徴だ。ことにも乳房は魅惑的な女の肉体の象徴であり、かつ命を育む母の象徴でもあって、常に両義に裂かれている。そこに「くれなゐの乳頭」を点じて肉体を与え、マリアを聖母としてのがんじがらめの禁忌から救い出さずにいられなかったのは、他の誰でもない葛原自身ではあるまいか。

＊2　長女の葉子が受洗してのち、葛原は母である自分から娘を奪った対象として聖母マリアに複雑な感情を抱いていたらしい。

15　きつつきの木つつきし洞《ほら》の暗くなりこの世にし遂にわれは不在なり

【出典】『飛行』（昭和二十九年七月　白玉書房刊）所収「洞《ほら》」中

忘我の無に呑み込まれて

　啄木鳥が木をつつく様子を思い浮かべて欲しい。小さな身体で大きな音を立てながら正確に一点をつつき続ける。その一心不乱で無心な様子を見ていると、木をつついて虫を捕るとか、巣を作るなどという現実的な目的を通り越して、つつくためにつついているように思えてくる。一心不乱に木をつつき続けている啄木鳥は、ふと気がつけば、つつきすぎて出来た巨大な洞に呑み込まれて消えてしまっている。そんなことさえありそうなのだ。

　この作品には奇妙な捻れがある。上の句は「きつつき」の事を語っているが、下の句ではいつの間にか自らのことになっている。「この世にし遂にわれは不在なり」と強調の「し」を使い「まさにこの世に私などいないのです」と断言する。啄木鳥の一心不乱さは忘我の境地であり無である。その無の闇に呑まれて「われ」も消えてしまったのだ。

葛原は非常に強い我を抱えた人物であったが、それだけに「私」とは何か、という突き詰めた問いに向き合わざるを得なかった。母であることを、妻であることを、女であることを、人間であることを、存在することを、徹底的に疑い尽くし、終に私などこの世にいない、とするのである。その背景には悲惨な戦争を経て人間存在とは何かを問わずにいられなかった世界、そして日本全体の空気も反映していよう。昭和三十年代ごろから紹介されるサルトルやカミュなどのいわゆる実存主義に葛原が触れていたのかどうかは分からないが、存在への深い疑いは自ずから発したものに違いない。

まるで啄木鳥になりきったかのようなこの歌は、啄木鳥を描写するのにとどまらず、啄木鳥の主観に入り込み、乗っ取り、突き抜けてゆく。自らの主観をどこまで拡大できるかを試みていた『飛行』の時期の方法の凄みを感じさせる一首である。

16

うはしろみさくら咲きをり曇る日のさくらに銀の在處《ありか》おもほゆ

【出典】『薔薇窓』*1（昭和五十三年九月　白玉書房刊）所収「刀劍」中

*1　第四歌集『薔薇窓』は昭和二十九年四月から昭和三十九年五月までの三百七首を収める。長らく未刊のまま放置され、第五歌集『原牛』、第六歌集『葡萄木立』、第七歌集『朱靈』に洩れた作品を含む「拾遺歌集」である。

歴史の重圧を知る桜の憂鬱

「うはしろみ」は、表面がうっすらと白く見える状態。色褪せたようにも見える桜が曇天の下で咲き盛っている。満開の桜にしては晴れ晴れとしておらず、曇天に溶け込んでゆくかのような色合いが気になる。しかも「銀の在處《ありか》」とは何なのだろう。埋蔵金のようなものだろうか、あるいは銀の鉱脈のようなものであろうか。自由な想像を許しつつ、この鬱々とした桜こそ秘められていた銀であるかのようだ。この桜は銀の塊から生え出ており、また銀の塊そのものとして曇天の下に広がっている。実に冷え冷えとした風情だ。こんな桜の下で花見など出来ないだろう。

葛原妙子が桜を題材にするのは極めて珍しい。長い和歌の歴史のなかで詠い継がれた桜、戦争中には潔い死の象徴となって讃えられた桜。それをあえて詠うとなれば戦後という時代に相応しい新しい覚悟が必要なのだ。短歌や俳句などもう時代に合わず、芸術でもないという第二芸術論[*2]の嵐も吹き荒れた。その時期に葛原は、「花鳥風月」のような古風な主題に可能性があるのかどうか自問していた。そして次のように桜の可能性を探っている。

　桜のもつ性格が一たび、或衝撃のもとに平衡を失はれた場合は、如何なる現象を生ずるであらうか。「潮音」(昭和二十一年八月号)

桜のように美化されてきた主題を揺さぶり歪めることで何が起こるのかを試そうというのである。この作品はまさにその自問に応えた作品と言える。桜は春の明るさ柔らかさを剥がれ、金属のようにしんと冷えて佇んでいる。長い歴史の中で讃えられてきた桜は、そうした賛辞にすっかり倦んでいる。自らの本性がまさに銀のように冷えており、憂鬱であることを告白する。その様こそ新たな桜の美である。

＊2　第二次世界大戦の後に表れた短詩型文芸への批判。「がんらい複雑な近代精神は三十一音には入りきらぬものである」(桑原武夫「短歌の運命」「八雲」昭和二十二年五月号)、「三十一文字音量感の底をながれている濡れた湿っぽいでれでれした詠嘆調」(小野十三郎「奴隷の韻律」「八雲」昭和二十三年一月号)といった激烈な批判が相次いだ。

17　むかしにて癌ありとせばかなしからむたとへばかのモナ・リザと癌

【出典】『薔薇窓』（昭和五十三年九月　白玉書房刊）所収「女棺」中

癌を病むモナ・リザの微笑み

「ありとせば」はあるとしたなら、の意。昔から癌はあったに違いないが、もしあのモナ・リザが癌を患っていたとしたなら。まさに奇想だが、この奇想によって名画の見え方はがらりと変わる。モナ・リザは、痛みを堪えながらあの微笑みを浮かべていたのか？　あるいはまだ自らの癌に気づいていないのか？　はたまた自らの死期を悟りつつ全てを超越したかのような微笑みを湛えていたのか？　などなど、モナ・リザ像はいよいよ奥行きを深め、その存在感を増す。

事物は常に常識的な見方に覆われ、本当の存在が見えなくなっている。その覆いを剥がすことは芸術の大事な仕事だが、この作品はモナ・リザと癌という衝撃的な取り合わせによって常識の殻を粉砕するのだ。「癌」という字は字面も無気味だが、それをあえて美の象徴であるモナ・リザにぶつける葛原の意図はかなり意地悪い。神秘的な存在としてのモナ・リザは、一気に人間となり、この世のものとなる。永遠にあの微笑みを浮かべていると思われたモナ・リザは肉の傷みを与えられ死の影を与えられる。永遠の存在ではなくなったモナ・リザはいかにも哀しい。そして省みれば、癌を、さらにもっと多くの宿痾を得て死んでゆくであろうわたしたちこそ哀しい。

この作品の置かれる「女棺」は、癌で亡くなった人の葬儀に参加しているらしいことが察せられる一連だが、この奇想は、そうした人間界の普通の生活時間を突如破るように配置される。

誰かの死に立ち会いながら、私たちの頭を掠めるのはとりとめない空想であったりする。それ自体はごく自然なことだ。この歌が衝撃的なのは、それが詩歌の美へと変換されているからだ。あらゆるものを美へと昇華しようとした葛原は、癌さえ妖美にしてしまった。

18

わが片手空《あ》きをり　堅き寝臺にて臨終《いまは》といへど空きて垂りゐむ

【出典】『薔薇窓』（昭和五十三年九月　白玉書房刊）所収「薔薇窓」中

人間の孤独が宿る片手

何かをしている時、片手だけがふと休んでいることがある。例えばドアを開くとき、歯を磨くとき、耳かきをするとき、点滴を受けている時。意識することはないが、いろんな場面で片手は何もしておらず垂れているだけだ。この歌では、そういう自分の片手にふと気づき、一体私のこの手はほかにどんな時、こんな風に休むだろう、と想像するのだ。そして想像力は臨終の時に及ぶ。

臨終といえば緊迫した場面だが、片手は医師に脈を取られたり注射を受けたりしているだろう。しかしもう片方の手は意外に放置され、寝台の縁からだらりと垂れ下がったままかもしれない。命の最後の場面と言えど、用のない手は虚空に垂らされ所在ないままだ。「堅き寝臺」がその死の厳しい寂しさを思わせる。

この作品では一字空けが使われ、場面が大きく転換する。「堅き」以降は主語が曖昧なままだ。堅い寝台に寝て臨終を迎えるのは葛原自身でもありまた人間全てとも受け取れる。家族に囲まれ両手を取られて迎える最期ではなく、片手が空いたままの最期。葛原は自らの死を、また人間の死というものをそのように想像する。虚空に垂らされた無用の片手こそ人の死が終に孤独なものであることを示していよう。あるいはその片手こそ終に自らのものであるかもしれない。

葛原に手を素材にした作品は多く、秀歌も少なくない。

子供はつくづくとみる　己が手のふかしぎにみ入るときながきかも　『朱靈』

ものを食ふわが手をりをりみづからの影の中なる雀に餌を撒く　同

自らの手といえど一つの素材として突き放す表現が印象に強く残る。

19　寺院シャルトルの薔薇窓をみて死にたきはこころ虔《つつま》しきためにはあらず

【出典】『薔薇窓』（昭和五十三年九月　白玉書房刊）所収「薔薇窓」中

神ではなく美の信者として

現在ユネスコの世界遺産にもなっているフランスのカトリック教会シャルトル大聖堂はステンドグラスで有名だ。シャルトル・ブルーとも呼ばれる青を基調にしたステンドグラスが聖堂の壁を飾り、わけても薔薇窓はその美しさと壮麗さで見る者を圧倒する。

その薔薇窓を見ずには死ねないとこの歌は語る。それは観光客の物見遊山の興味なのではなく、これを見ることができたら死んでも良い、と願うような生涯を賭けた悲願だ。葛原はなぜそれほどまでこの薔薇窓を見たいのか。「こころ虔《つつま》しき*1ためにはあらず」と断言するように、神に祈り聖母マリアに

＊1　「虔しき」の読みは分

縋るような謙虚な宗教心からではない。そうではないからこそこの歌は謎を秘め、信仰とは別の敬虔さを語ろうとする。

猪熊葉子は『児童文学最終講義』[*2]に次のように記す。

　私の母はカトリックっていうものの美的な部分には強い関心を持ち、それを限りなく愛しており、『薔薇窓』という歌集もあるぐらいですが、宗教そのものについては断固受け入れ拒否を続けていました。「私は毎日死のことを思わない日はないのよ」と繰り返し言っておりましたが、死の向こうは虚無でしかない、ともしばしば申しておりました。

長い歴史のなかで美しさを競って寄進された数々のステンドグラスは、信仰さえ突き抜けてただ美のためだけに輝いている。神を讃えるためでも天国を示唆するためでもなく、ただ美しくあることだけが存在理由に見える。それだからこそ葛原は見たいと切望する。葛原は死が虚無だと語ったというが生も虚無だと思っていたふしがある。しかし薔薇窓は二つの虚無に挟まれながら恍惚と輝いていることだろう。葛原は美の信者であった。

かれる。素直に読めば「つつしき」となるが、「つましき」「つつましき」という読みもありうるだろう。ここでは「つつましき」と読む。
*2　二〇〇一年　すえもりブックス刊

20

汝實る勿《なか》れ、とキリスト命じたる無花果の實は厨に影する

【出典】『薔薇窓』（昭和五十三年九月　白玉書房刊）所収「黄金印」中

禁忌を犯して実った果実と女

新約聖書のマタイ福音書のなかにこんな話がある。お腹の空いたイエスが通りかかると葉っぱだけがあって実のない無花果の木がある。その木にイエスは「以後永遠にお前から実が生じることがないように」[*1]と呪いをかける。すると無花果はたちまちに枯れた。弟子達は驚き、「どうしていちじくが即座に枯れたのですか」[*2]と問うとイエスは答える。「もしもあなた方が信を持ち、疑わなければ、このいちじくのことができるだけでなく、この山に、動いて海の中にとびこめ、と言えば、そのようになるだろう」[*3]と。

この物語はさまざまに解釈されてきただろうが、ともあれ信仰のもたらす

＊1　田川建三訳『新訳聖書本文の訳』（二〇一八年　作品社）による。

＊2　同。

＊3　同。

凄まじい力について語られている。信仰を持たぬ身から読むとイエスはずいぶん乱暴な男だとも思う。信仰をもって命ずれば、無花果のみならず海も山もその命に従うと宣言するのだ。

しかし、今、目の前にあるのはふっくりと実った無花果。エデンの園でイブが食べたのはリンゴではなく無花果とも言われる。また、この果物は女性の性のシンボルとなってきた歴史もあり、女性に関わりの深い禁断の果物だ。あるいは「汝實る勿れ」は、女に対して投げられた言葉であったか。そう思えば、この言葉は今耳元で囁かれたかのように生々しく響く。ここが厨であることもそんな物思いを誘う。

実ることを禁じられたはずの無花果は禁忌を犯して実ってしまい、その影がしんと伸びている。聖書の物語を重ねるとき無花果一つといえど奥行きある存在となる。この世のものがことごとく伴う影は、あるいは神の禁忌を破ったために与えられたのではあるまいか。

21 あやまちて切りし ロザリオ轉がりし玉のひとつひとつ皆薔薇

【出典】『原牛』[*1]（昭和三十四年九月　白玉書房刊）所収「薔薇と赤子」中

葛原に『孤宴《ひとりうたげ》』というエッセイ集がある。この中で自作について次のように記す。

作者がここで表現しようと試みたのは「変容」ということである。つまり、この場合は切れたロザリオから走り出た無数の薔薇玉自身の姿であり、これらの薔薇玉は作者にとってことごとく人間の罪過の「変容」の姿なのであった。[*2]

辛じてロザリオであったもの

散らばる玉が「皆薔薇」と呼ばれる時、華やかな映像が浮かぶが、葛原はそこに「人間の罪過」を読めという。もちろん作者が何と言おうと作品自体

*1　第五歌集『原牛』は昭和三十二年六月から三十四年六月までの五百首を収める。

*2　このエッセイではこの歌を作った時の作歌メモが紹介される。「ロザリオの念珠は持主の永久の罪過の担い手としてお互いを繋

縛し合わねばならないからだ。――ロザリオを切るな！」

が語るものを読むほかないのだが、この歌が華やかさだけを伝えていると思えないのは確かだ。それは「皆薔薇」という投げ出すような結句のためであり、また第四句から結句にかけての句跨がりや字足らずが不安定を感じさせるからだろう。不安定は不安を誘い、不穏をも感じさせる。放《はな》ってはならないものを放ってしまったのだ。

一連のものと思えたロザリオは、一つ一つ皆薔薇に「変容」し、彫り込まれた花弁の影をたたえて表情を持ち始める。これらの薔薇をもう一度一連の数珠に戻すことはもう出来そうもない。このような「変容」に葛原は強い関心を持っていた。

わが服の水玉《どっと》のなべて飛び去り暗き木の間にいなづま立てり　『原牛』

稲妻が走ったその瞬間に、強い光を浴びて見えなくなる水玉。バラバラに飛散して消えたようにも見える。そうした変化こそ、あらゆるものがいかに脆く現実の姿を保っているかを知らせる。水玉も薔薇玉もいつ飛び散るのかわからない。

22

胡桃ほどの脳髄をともしまひるまわが白猫に瞑想ありき

【出典】『原牛』（昭和三十四年九月　白玉書房刊）所収「途上」中

見えないものを見る

白い飼い猫が瞑想でもするかのように目を閉じている。実際に見えているのはこれだけだ。しかしこの作品ではその白猫の脳髄まで見てしまう。まるでレントゲン画像を見ているようで不思議な気分にさせられる。そこにいる猫を見つめすぎてその体内まで見抜いてしまったのか。

これはもちろん奇想だが、「胡桃ほど」という比喩が見えないはずの脳髄をありありと可視化している。なるほど猫の脳は胡桃ほどの大きさで皺を湛えていよう。同じような大きさでもピンポン球や梅の実などではまったくこの歌は成立しない。胡桃が脳に似ているとともに、胡桃ならではの濃密な存在感が猫の瞑想の密度を濃くし、確かに脳髄までも見える、と感じさせるのだ。

見えないはずの物を見せてしまうこの不思議な言葉の力は、葛原の特徴だが、決して放恣に想像の赴くままに表現されているわけではない。むしろ厳格なまでに葛原は現実を手放さなかった。ここでは「わが猫」を見つめたその果てに「脳髄をともし」て猫のイデア[*1]が表れる。表面的な色形だけではないそのものの実在に及ぶのだ。同じ連作中にこんな歌もある。

生みし仔の胎盤を食ひし飼猫がけさは白毛《はくまう》となりてそよげる

この歌では出産を終えて安らいでいる猫と、出産直後の姿が重ねられる。いずれも現実だが、白く気品ある姿と、野性を剥き出しにした血まみれの姿とが重なる時、いま目の前にいる白猫はただならぬ存在となる。

葛原に「幻視の女王」という呼称を与えた塚本邦雄は次のように語る。

視るためにとざす目、これが葛原妙子の肉眼を拒んで傲然と選びなほした眼であり、それが方法であつた。[*2]

＊1　プラトン哲学で語られる、時空を超越した非物体的、絶対的な実在。

＊2　「聖母呪禁—葛原妙子論あるいはロト夫人によせる尺牘」（「短歌」昭和四十六年三月号）

23　いつしんに樹を下りゐる蟻のむれさびしき、縦列は横列より

【出典】『原牛』（昭和三十四年九月　白玉書房刊）所収「途上」中

運命に従う縦列

樹の幹をしんしんと下る蟻の縦列。蟻は縦列のほかには知らず、それを運命として永遠のように黙々と連なっている。一つの目的に向かって無心に連なる蟻はそれ以外に生のありようはない。運命に従うほかにないあり方として見えるのだ。

戦争の記録映画を思い浮かべてみる。ジャングルや平原を移動する兵隊が縦列で歩いている。黙々と続く長い列は荷物を背負い沈黙を保ち、死の待つ前線へと向かう。一方、横列を組むのは前線でいよいよ突撃する時だ。塹壕の中で、あるいは荒野を匍匐しながら、横列を組んだ兵隊達は合図を待ち、

目配せをし、時には言葉を交わしながら突撃の時を待っている。

では縦列と横列とどちらが寂しいのか。どちらも途方もなくさびしい。死に近いのは前線で作られる横列である。しかし縦列はやや死からは遠いにも関わらず何かが横列よりさびしい。それはなぜなのだろう。横列は横の者を意識しながら形作られるために個々の表情や姿を彷彿とさせる。それに対して縦列は背中に背中が連なり個々を消してしまうからではあるまいか。運命に従う従順さを縦列のほうがより強く感じさせる。

せつせつと樹を下ってゆく蟻は見えぬ誰かの命《めい》を帯びているようであり、また何かの徴のようでもある。自然界はさまざまな秩序によって構成されている。美しくかつ残酷でもあるその秩序は人間をも捉えていよう。それゆえ、「さびしき」は、どうして生きとし生ける物はこのような秩序に閉じ込められねばならないのですか、という造物主への微かな異議申し立てにも聞こえる。

24　みどりのバナナぎつしりと詰め室《むろ》をしめガスを放つはおそろしき仕事

【出典】『原牛』（昭和三十四年九月　白玉書房刊）所収「途上」中

ホロコーストという「仕事」

バナナは青く堅い状態で輸入し日本に着いてから追熟させる。この歌が作られた当時は地下に設けた室に入れ、バナナチレンガスというエチレンガスを充満して追熟させていた。重いバナナを手作業で地下に運び入れる重労働だ。その仕事を「ぎつしりと詰め室をしめガスを放つ」と説明するのだが、簡潔な説明のようであってそうではない。感情がわずかにせり出している。突き放したがっているような、怯えのようなものだ。そして「おそろしき仕事」と呼び、こういう仕事が過去にもあったことを読者に思い出せる。ホロコーストだ。

アウシュビッツでは貨車で運ばれたユダヤ人たちが選別され、ぎっしりと室に詰め込まれガスを放たれ殺された。その手順はバナナを追熟する作業と同じだ。この残酷な類似に思い至ったとき、葛原は震撼として日常を思ったに違いない。そう思えば例えば台所での些細な仕事さえ最も残酷な仕事に似ていることはいくつもある。選ぶ、切る、潰す、焼く、棄てる、などなど。こんな歌もある。

黒き肝臓《レバー》の血をぬく仕事に耐へむとすもの溶けにじむごときひぐれに

『飛行』

非日常は日常のすぐ隣りにある。

バナナは今日ではごく日常的な果物だが、戦後輸入が自由化されたのは昭和三十八年である。この歌が作られた当時は、不要不急品であったバナナはまだ進駐軍によって輸入が規制されており、非常に高価だった。輝くような明るい金色の果物は憧れの的であった。この平和の時代の象徴のような果物に、だからこそ葛原は最も悲惨な戦争の影を見出さずにおかない。

25

悲傷のはじまりとせむ若き母みどりごに乳をふふますること

【出典】『原牛』（昭和三十四年九月　白玉書房刊）所収「風媒」中

聖母マリアの運命の影

若い母親が初めての子供に乳を含ませる。痛いほど力強く吸われる乳首から、母親は自らが母となったことを知る。母と子の関係が誕生する輝かしい瞬間だが、ここでは「悲傷のはじまり」と呼ばれる。それはなぜなのか。

「悲傷」を葛原は別の歌で「ピエタ」と読ませており、[*1] 十字架から降ろされたイエスを抱く嘆きの聖母の主題を重ねる。ピエタの像は多くの場合イエスの身体をマリアが抱きかかえる姿で描かれる。奇しくもその姿勢は授乳の姿勢と同じである。同じ姿勢で生まれたものと死んだ者を抱くことになる者、それが母ではないのか。母の喜びを知る瞬間に宿っているこの運命は、聖書

＊1　怖ろしき母子相姦のまぼろしはきりすとを抱く悲傷《ピエタ》の手より『葡萄木立』この作品ではマリアとイエスに「母子相姦」を思い見ている。死んだ息子を抱き締める母の手は息子の身体に食い込み、肉体において

の物語が縷々語っていることである。
　しかしそれは聖書のなかだけの話ではない。戦争中、「生めよ増やせよ」の掛け声のもと、子供を生み続けた軍国の母たち。戦場に息子を送り出し亡くした軍神の母たち。そのような時代を生きた女たちが母であることの意味を問わずにいられなかった時代が戦後であった。[*2] 葛原も生涯を通じて母であることの意味を問い続けるが、葛原の問いの向こうには常に聖母マリアがいた。この作品が置かれる「風媒」中には次のような作品もある。

風媒のたまものとしてマリヤは蛹のごとき嬰児を抱《いだ》きぬ　『原牛』

処女懐胎を風媒と呼び、人間の肉体のボリュームや体温を消すとき、嬰児は「蛹」となる。母とは絶対の者ではない。崇められ讃えられてきた聖母から「聖」を奪った姿がここにある。
　しかし「悲傷のはじまりとせむ」、この断言には愛を知るゆえの哀しみも滲む。聖母ならずとも母とは愛ゆえに心痛め、悲傷を負う者であるかもしれない。おそらく長女の初産が背景となった一首。

最も深い関係を思わせるか。

＊2　柳原白蓮の息子、香織は終戦のわずか四日前に戦死。それを機に昭和二十一年「悲母の会」を結成して子供を亡くした悲しみを訴える平和運動を起こした。

26

黑峠とふ峠ありにし　あるひは日本の地圖にはあらぬ

【出典】『原牛』（昭和三十四年九月　白玉書房刊）所収「灰姫」中

不在と欠落の存在感

黒峠という峠があったという。しかしあるいは[*1]なかったかも知れぬという。「日本の地圖には」という限定が付いているのだから他の国の地図にはあるとでも言うのだろうか。あったのかなかったのか、点滅するように浮かんでは消える「黑峠」は、まるで白紙に垂らした墨汁の一滴のように印象的で心に食い込む。

しかしこの歌をもっとも異様と感じさせるのは第三句がまるまる欠落していることだろう。「黑峠とふ峠ありにし」ののちに来るべき五音が空白になっており、沈黙されているのだ。音楽が休符を音と捉えて楽曲を構成するよう

＊1　「あるひは」は、或る日は、と読むことも不可能ではないが、ここではあるいはの意で解釈した。文語では通常「あるいは」と表記し、「あるひは」は、中世以降の誤用。だが、葛原はあえてこれを使ったと思われる。

に、この作品は第三句が全休符となっている。それは深い峡谷のように言葉と言葉、イメージとイメージの間に横たわって、そこに沈黙がありありとあることを知らせる。欠落ゆえの存在感と言えようか。計算されつくした異形の美しさを湛えた一首である。

欠落した句、あるのかないのかわからぬ地名。こうした不安定は、「日本の地圖」を不安にする。あったはずの地名が載っていないかもしれない地図は、不安な地図であり、逆に実在さえ怪しい黒峠だけが確かな存在感を放ち始める。まるでマジックのように欠落したもの、不在のものを見せられている気分になる。

「黒峠」[*2]の字面がもたらすイメージは殷々と寂しく、そこを越える者は闇に紛れて喘ぎつつ越えるのに違いない。曖昧な記憶の中から呼び起こされた地名は、現実の土地であることを止め、人間という存在がかつて越えて来た艱難の場所を思わせる。人間の背負う業のようなものさえ浮かび上がらせる一首だ。

*2 「黒峠」は広島県山県郡安芸太田町大字穴字黒峠という地名として実在する。

27 卓上にたまごを積みてをへしかば眞珠賣のやうにしづかにわれはゐる

【出典】『原牛』（昭和三十四年九月　白玉書房刊）所収「黄道」中

卵と真珠が保つ静けさとその永遠性

ゆっくりと意識を集中して卵を積み、積み終えてしみじみと静けさの中にいる。卓上の卵は一つでは転がってしまうが、うまく積むと危ういながら均衡を保つ。その静けさは独特だ。

葛原は球形には暴発の危険や危ういものを孕むのではないかという恐怖を表現する[*1]ことが多かったが、なぜか鶏卵の形には静けさを見出している。この一連にも次のような歌がある。

てのひらに卵をのせてひさしきにさわだてるべしとほき雪の原　『原牛』

彼方の雪を騒がしく思うほどにも掌のなかの卵は静かなのだ。この卵の静

＊1　葛原自身が「球形恐怖」と名付けたその怖れは『葡萄木立』で多く詠まれ、「原不安」として深められてゆく。

けさは、完結しておりいかにも安らかだ。一つでも、積み上げても、卵は己を保ち、自明のようにそこにある。その卵を前に、真珠売りのようにいるというのだが、卵と真珠はなるほどその静かな佇まいが似ている。買い手が来るまで真珠売りは真珠とともにしんとそこに待つ。

ところで「宇治拾遺物語」巻十四に「玉の価無量事」という話がある。真珠の売買を巡るさまざまな話だ。水干[*2]一枚と取り替えて手に入れた真珠を別の男に売り、太刀十振を得て大いに儲ける男。また海で遭難しそうになってもわが身より真珠が大事という男。絹二十疋の値と言われた真珠を六十疋で買う男、などなど。要するに真珠の値はどうにも計り知れないという物語である。

葛原はおそらくこの物語を思い浮かべている。人間のさまざまな値踏み、交渉、売買の騒々しさの渦中で、真珠玉はしんと冷え静謐を保っている。今、目の前にある卵もそのように静かだ。まるで永遠のように。

＊2 「水干」は、鎌倉期以降は公家や武家の私服となったが、もとは、平安期に、のりを使わず板の上で水張りして干した布で仕立てた下級官人の平服。

28

口中に一粒の葡萄を潰したりすなはちわが目ふと暗きかも

【出典】『葡萄木立』[*1]（昭和三十八年十一月　白玉書房刊）所収「葡萄木立」中

目には目を。そして葡萄には目を。

葡萄を食べる時、口の中でぷつんと潰すのは楽しみだ。巨峰はまだ出回っていない時代だから、キャンベルだろうか。いずれにせよ黒い葡萄がこの歌には相応しい。この小さな楽しみの瞬間が「すなはち」以降暗転する。葡萄を潰したとたんに視野が暗くなるというのだ。

葡萄は、西欧世界で長い歴史を持つ。旧約聖書に書かれるエシュコルの谷[*2]は大きな葡萄が実り、その豊かさゆえに争いの地となった。現在のイスラエル、ヘブロンの近くとされる。神の約束の地とされた場所は今日なお熾烈な争いの地となっている。葡萄には重い人類の歴史が宿っている。葡萄を潰し、

＊1　第六歌集『葡萄木立』は昭和三十四年十月から三十八年六月までの五百五十七首を収める。

＊2　民数記13章

その美味しさが口中に広がるとき、葡萄の影も広がる。たちまち視野は暗転し、葡萄の湛える闇に呑み込まれるのだ。

さらに想像を広げるなら、この暗転はまるで眼球を潰してしまったかのようだ。直接そう書かれていないにも関わらず眼球を連想してしまうのは、葡萄の形が眼球に似ているからだろう。

私たちの潜在意識にはいくつもの恐怖が宿っている。わけても人体のなかで無防備で敏感な眼球が潰れるという恐怖は人を怖れさせるに十分である。「目には目を」というハムラビ法典の定めは、旧約聖書でも「目には目を歯には歯を手には手を足には足を」[*3]と記される。この報復の法を思えば、葡萄一粒を潰すことが眼球一つを潰されるイメージに繋がっても不思議ではない。

そういえば塚本邦雄にも次のような歌がある。

突風に生卵割れ、かつてかく撃ちぬかれたる兵士の眼　『日本人靈歌』

ここでは生卵と目のイメージが重ねられ、戦場の凄惨さが感覚として生々しく蘇る。目の前の卵が、あるいは口の中の葡萄が、ふとした瞬間に私たちが抱える怖れに触れる。葛原はこうした無意識に詩歌の沃野を見出した。

＊3　出エジプト記21章

29　原不安《げんふあん》と謂《い》ふはなになる　赤色《せきしょく》の葡萄液充つるタンクのたぐひか

【出典】『葡萄木立』（昭和三十八年十一月　白玉書房刊）所収「葡萄木立」中

重なる子宮のイメージ

全く唐突に「原不安」というのは一体何なのか？　と問いかけるこの歌は、実は問いかけてはいない。すでにその正体を大方見抜いている。

フロイトが語る原不安とは、人間の出生時の苦痛な体験である。安全な母胎から押し出され狭い産道を通って出て来る前後の肉体的な不快を源にしていると言う。*1 葛原がフロイトのこの論を知っていたかどうかはわからない。むしろ葛原自身による造語に近いのではないかと私は思う。葛原は「原不安」というどこかで聞いた言葉を心に留め、それが何なのかを反芻しつつ思い巡らしていたのではないか。そしてもっともそれを表していると思える物が赤

*1　『制止・症状・不安』（一九二六年）中で書かれ、さまざまな神経症状の源にあるとされる。

い葡萄液の満ちたタンクのようなものだというのである。

この作品が置かれる「葡萄木立」は葡萄園を訪ねた時の連作だが、ワインを作る工程では収穫した葡萄を搾り、大きなタンクに集める。タンクの中は見えないが、白葡萄、黒葡萄、ロゼとタンクを満たしている液体を想像してみると、黒葡萄の搾り汁の暗赤色には他にはない怖さがある。その色が血に似ているからだろうか。血の満ちた巨大なタンクは子宮も見える。連作中に次のような歌もある。

月蝕をみたりと思ふ　みごもれる農婦つぶらなる葡萄を摘むに

妊娠した農婦の子宮が葡萄の影と重なるとき、それを月蝕のようだと思うのだ。子宮もタンクも満々と血を満たし、危うく存在している。またタンクには数知れぬ人間が流した血が集められたかのようでもある。殷々《いんいん》とした文語の響きは、この液体がただならぬものであることを伝える。

人間は不安を抱え、その不安とともに生きている。不安は心の裡に宿っているばかりではない。あるとき、巨大なタンクとなって目の前に現れることもある。むしろ世界は不安で出来ているというべきだろう。

30

みちのくの岩座《くら》の王なる藏王《ざわう》よ耀く盲《めしひ》となりて吹雪《ふぶ》きつ

【出典】『葡萄木立』（昭和三十八年十一月　白玉書房刊）所収「北の靈」中

孤高、全盲の王の気高さ

宮城県と山形県に跨がって連なる蔵王連峰は冬には樹氷ができることで名高い。吹き付ける雪に耐えじっと立ち尽くす木々、そして山々。奥羽山脈に連なる山々の中で蔵王連峰はことさら雪に耀き美しい。その光景を葛原は「耀く盲」と呼ぶ。蔵王は単独峰ではないが、擬人化された蔵王はその名に「王」を戴き孤高の峰のようだ。この山が雪で視界を塞がれひたすら吹雪に耐えている。いや、自ら「吹雪きつ」というのだから自ら吹雪いているのだ。まるで瞑想するように眼差しを閉ざして吹雪を纏った蔵王は神秘的で気高く感じられ、ここには物語さえ生まれている。

この作品が置かれる連作「北の靈」は昭和三十五年に蔵王に登ったことを契機に制作されている。雪深く樹氷立ち並ぶ地蔵峠にも立ったらしい。

なぜに山はかくも盲《し》ひつる　燦らんとして雪眩しきに

おほいなる雪山いま全盲　かがやくそらのもとにめしひたり

これらは風景だろうか？　雪の眩しさによってひととき「全盲」となったのは葛原自身だろう。眩しさのあまり奪われた自らの視野を山のものとし、山を「めしひ」と呼ぶ。主体を入れ替えてこれらの歌は成立している。葛原はアララギの写生が説くような客観的な描写をしなかった。逆に主観を露わにし、主観によって対象を造り変えていった。自らの五感のみならず、ふと兆す幻想や、物語さえ重ねてそこにあるものを乗っ取ってゆく。冒頭の歌でも擬人化された蔵王は半ば作者自身のようである。

蔵王のみならず高山は神秘的だが、このように表現された蔵王は聖なるものとなっている。視覚を放棄することで蔵王の孤独に触れる。蔵王の心をこの歌は知っている、と語っている。

31　告別は別れを告げわたすこと　死の匂ひより身をまもること

【出典】『葡萄木立』（昭和三十八年十一月　白玉書房刊）所収「爪」中

生の領分を守る危うさ

葛原の夫は外科医であり、自宅は病院と繋がっていた。それゆえ葛原の日常は病人の呻吟の声や死の気配とともにあった。

病棟に人の死にたるゆふべにてあまねき平和ゆきわたりたり　『薔薇窓』

死は観念としてではなく日常としてすぐそばにあり続けた。まさに壁を隔てて非日常と共に棲んだと言えよう。それゆえ、死とは何かについて多くの歌が作られている。

死者は毒をかもさん棺《ひつぎ》の中　おもむろに安置のとき過ぎしより　『葡萄木立』

死者を島に渡すことよき　死にし者なにものかにわたすことよき

『朱靈』

一口に死と言っても辿ってゆく過程がある。当初は死者として悼まれ安置されるが、あるところから死は死者の人格を超える。生きる者はその時、死者と訣別せねばならない。二首目の「島」はベネチアにある死者のための島、サンミケーレ島。島全体が墓地である。死と明確な区別をつけること、生の領分とは死を切り捨てることで保たれるのだ。

「告別」という言葉が含み持つ意味についてこれほどはっきりと読み解かれたことはないだろう。別れを告げる、と言えば礼儀にかなった死への作法に聞こえるが、別れを告げ渡すとなれば話は全く別だ。早々に向こう側へ行くべし、と命ずるのである。私たちの死への態度は多くの作法、もっと言えば欺瞞によって覆われている。旧約聖書には死者に対する厳しい態度が多く書かれ「どのような人の死体であれ、それに触れた者は七日の間汚れる」[*1]と説く。共同体が生き残るために詳細な定めを記した旧約聖書を葛原は読み込んでいただろう。生はそのようにして守られねばならない危うい領域なのだ。

＊1　民数記19章

32　いまだ顯《（あら）》はるる傘のむれあるべし日本《にっぽん》に速断ゆるさざる傘の量あるべし

【出典】『葡萄木立』（昭和三十八年十一月　白玉書房刊）所収「麥の日」中

敗戦から湧き出す心、黒い傘

葛原は政治や時事を直接題材にすることはなかった。だが例外もあって、その一つがこの六十年安保闘争[*1]を題材にした連作「麥の日」だ。昭和三十五年（一九六〇）六月十五日、デモ隊と機動隊の衝突によって女学生の樺美智子が「圧死」するという事件があった。現場を見ていない葛原は無惨な死をありありと想像する。

傳はるは未聞《みもん》のをとめの死なりしか土足の下よりあらはれにけり

翌十六日は雨となったが弔問を含めた抗議の人々の群れは国会周辺に押し寄せた。無数の黒い傘が国会を取り囲む。その様子を固唾を呑みながら葛原

*1　戦後、米軍の駐留を可能にする日米安全保障条約を巡る反対運動。一九五九年から一九六〇年、一九七〇年と続いた。特に樺美智子が「圧死」した一九六〇年六月一五日は労働者、学生、市民、国会議員など大規模なデモが国会を取り巻いた。デモ参加者は主催者側発表で三十三万人、警視

はテレビで見ていたのだろう。「あるべし」「あるべし」の繰り返しが、緊迫した状況を見守る切迫感を伝える。

しかしデモ隊でも群衆でもなく「傘のむれ」と呼ぶ時、現実は微かに異化する。そしてさらに「いまだ顯はるる」と語られる時、傘の群れはその日のみならずもっと昔から湧き出てくることになる。

かうもりは大いなるがよき　目鼻ひそかにかくるるがよき　『葡萄木立』

美しき信濃の秋なりし　いくさ敗れ黒きかうもり差して行きしは　同

ゆきずりの硝子に映るわが深《ふか》處《ど》骨歪《ひず》みたるかうもりはある　同

葛原は敗戦を疎開先で迎えたが、その記憶は独特だ。目鼻を隠すほど大きな蝙蝠傘を差して歩いたという。それは何かから隠れるようであり、また見せてはならない表情を隠すようでもある。失意か、微笑みか、矜恃か、不服従か、見せてはならぬ何かが傘の裡に燻っている。そのように本音を隠した日本人はたくさんいたであろう。国会を囲む「傘の群れ」を見ながら、敗戦から続く日本人の割り切れぬ気持ち、隠し続けてきたものが湧き出てきたと感じたのではあるまいか。

あるいは勝つのでは、という微かな希望も滲ませる「傘の暈あるべし」[*2]だ。

庁発表十三万人。

＊2　「べし」は推量や意志、義務などを表し幅広いが、ここでは「あるべき」というほど強い主張は表現されていないと読むべきだろう。「あるだろう」と「あるべき」の中間あたりを思えばいいか。

33　晩夏光おとろへし夕　酢は立てり一本の甕の中にて

【出典】『葡萄木立』（昭和三十八年十一月　白玉書房刊）所収「啄木鳥」中

異変の兆す酢の甕

夏の陽射しが衰えるころ、一日の熱が籠もった酢の甕のなかで酢臭は鋭く充満する。酢が立つとは特有の鋭い味や香りがより強くなることだが、語られているのはそれだけの些事だろうか？　深読みをすれば、酢がまるで自らの意志で立っているかのようでもある。充満した酢は異変の兆しのようで、しかし、辛うじて酢の甕であることを保ち台所に佇んでいる。このように葛原が描く日常の些事は、非日常へとたちまち変貌する。日常はそんな数々の小さな異変によって危うく出来上がっているのかもしれない。

こうした深読みを誘うのは、重厚な言葉運びと、第二句のあとのスペースが作り出す陰影のためだ。重々しい文語は意味以上のものを伝えるが、それこそまさに葛原が獲得した自らの文体である。

同じ歌集に次のような歌もある。

ありがてぬ甘さもて戀ふキリストは十字架にして酢を含みたり

そしてこんな物語がある。新訳聖書には十字架にかけられたイエスが死の間際に酢を含んだことが記されている。「渇く」と訴えるイエスに酸っぱい葡萄酒を海綿に浸して含ませるとたちまち亡くなる。このイエスの最期は午後三時ごろと福音書は伝え、この日は昼の十二時頃から暗かったとも記す。[*1] 葛原はイエスが含んだ酢を思い、「ありがてぬ甘さもて戀」うことさえする。晩夏の光が衰え、イエスがまさに死の瞬間を迎えようとする時が迫って酢はひときわ鋭く立つのだ。

今ここにある一本の酢の壜は遠い過去にもそのようにあった。葛原は今ここの彼方にあるものを眼を細めて見つめた。その眼差しにとって、食卓の空壜でさえ人間の悲苦の物語の証である。

飲食《おんじき》ののちに立つなる空壜のしばしばは遠き泪の如し　『葡萄木立』

＊1　ルカによる福音書、ヨハネによる福音書

34

胎児は勾玉なせる形して風吹く秋の日發眼せり

【出典】『葡萄木立』（昭和三十八年十一月　白玉書房刊）所収「指す」中

裸形の命の強い眼

胎児の発達は人類の進化を辿るとも言われる。胎児に眼が出来るのは早く、受精してから三ヶ月めには目のもとになる眼胞ができ、四ヶ月めには形が整うらしい。胎児はまだ勾玉のように小さい時期だ。魚の卵などでも、眼ができているのが透けて見えることがあるが、それを発眼卵と呼ぶ。卵の中で見開かれた黒い瞳は、それがすでに卵という物体ではなく個々の命だと感じられる。胎児は魚であった太古を辿りつつ「發眼」し、命の核を備える。

この歌では見えないはずの胎児をまざまざと見ている。「發眼せり」でその透視の眼差しは決定的になる。秋の涼しい風の透明感のゆえに胎児まで見えてしまったのか。いや、逆だ。出来たばかりのその眼は世界を透視するかのように見つめ始めており、こちらを見ている。

『葡萄木立』には他にも類想の歌がある。

みどりふかし母體ねむれるそのひまに胎兒はひとりめさめをらむか

ふとおもへば性なき胎兒胎內にすずしきまなこみひらきにけり

母体が眠っても見開かれたままの目、まだ性が備わる前に見開かれる目。勾玉に例えられた胎児は尊い形をし、人間としての原初の眼を見開く。その目はまだ涼しく濁っておらず、独特の強さが備わっている。

冒頭の作品は初句が四音で不安定で不安な始まり方をする。下の句の句跨がりとともに、不穏な陰りを宿しつつ命の始まりが語られる。その姿は露わで解剖学の眼差しに逢っているかのようでもある。

第二次世界大戦の惨禍を経、平和主義に転じた世界で讃えられる「命」に葛原はおそらく大きな違和感を抱えていただろう。型どおりの命の讃歌を剥がした時、裸形の命はこのように誕生する。「發眼」が強い力をもち、私たちを見つめ返してくる。

35

疾風はうたごゑを攫ふきれぎれに　さんた、ま、りぁ、りぁ、りぁ

【出典】『朱靈』[*1]（昭和四十五年十月　白玉書房刊）所収「あらはるるとふ」中

*1　第七歌集『朱靈』は昭和三十八年七月から四十五年七月までの七百十五首を収める。

引きちぎられる祈りの声

讃美歌の声が風に攫われ切れ切れに聞こえる。「サンタ、マリア」が「さんた、ま、りぁ、りぁ、りぁ」と。この千切れかた、歪みかたは無惨というほかない。西洋の教会が垂直にそそり立つのは天上世界に向かって祈りの声を届けるためだ。それなのに疾風は天に届けるべき声を地上を転げ回る声に変えてしまう。「りぁ、りぁ、りぁ」はさまざまなものにぶつかり地上を転がり続け、やがて消えてゆく。これは天上世界があると信じることのできない者の聞く讃美歌だ。

葛原が信仰を持っていたのかどうかは議論のあるところだ。しかし、私は

持たなかったと思う。葛原はクリスチャンとなった長女とあるときは対立し、間近に見つつ問い続けた。エッセイ集『狐宴』に

　不信心者私はいまかたわらにいる常なる告解者、つまりざんげびとを眺めている。

と記すように。確かに葛原は受洗し、マリア・フランシスカが洗礼名だが、受洗は死の五ヶ月前である。「あなたたちと一緒になりたいわ」と呟き、長女の洗礼を受けた時期、もう作家活動は止めていた。*2

　表現者である葛原は、容易に神に救われようとはしなかった。そしてまさに救われぬ者のまなざしでキリスト教世界を見つめる作品は成立している。葛原が書くキリスト教世界は歪み、冷え、暗く、この世そのものとして表現される。「さんた、ま、りぁ、りぁ、りぁ」、という声は何とかして救われようと聖母のもとに集う人々の呻吟の声に他ならない。

　孫の洗礼式が背景となった作品。新しく誕生した命がこの声の転がる世界に生まれ落ちた運命を思うのであろうか。

*2　昭和六十年四月十二日受洗。九月六日没。この前年より作品発表など短歌の活動は全て停止して療養生活をしていた。

36　白絹の上にりくぞくと生れゐるつめたきかひこ盲《し》ひし目をあぐ

【出典】『朱靈』（昭和四十五年十月　白玉書房刊）所収「回生」中

人間の傍らで盲目となる蚕

この歌が置かれる「回生」一連は絹の博物館を訪ねた時の属目詠のスタイルで、次のような歌も並ぶ。

電氣仕掛のかひこの模型うごきゐてかひこはときにくびをもたげつ
人造の桑の葉の上人造のかひこ瑪瑙のごとく熟れたり

見ているのは展示品の電気仕掛けの蚕。だが、下の句に至って模型とは思えない生き物らしさが感じられる。「くびをもたげ」「瑪瑙のごとく熟れ」る蚕は言葉によって命の気配を与えられる。そして掲出歌では詩的飛躍によって蚕はさらなる異化を遂げる。

蚕は卵の時から明暗を感じており視覚はある。蚕にとって光を感受することは大切で、生育の段階によってさまざまな反応を見せるという。「盲《し》ひし目」は「事実」ではない。さらに言えば、卵から孵ったばかりの蚕は毛深くて「つめたき」という質感には遠い。全てが事実に反するにも関わらずこの「かひこ」が生々しい生き物であると感じられるのはなぜだろう。

この一連は、目の前の模型を眺め、その向こうに本物の蚕を想像することから始まる。やがて「実物」の気配が模型を突き破る。さらに「実物」を「本質」[*1]を露わにした蚕が突き破るという具合に出来ている。黙々と桑を食べ、黙々と繭を作り、繭の中で死ぬ蚕はその生のありようにおいて「盲ひ」ている。命の燃焼を持たぬその体は、作りもののように「つめたき」まま「りくぞくと生れ」続ける。そのような生への嗟歎が実物以上に蚕らしい「かひこ」を造り出したとも言える。

かひこはかのつめたさを得しならむ絶えざるかすけき假睡《まどろみ》により

『朱靈』

このような微かな生き物が永く人間の傍らにあり続けてきた。

＊1「本質」は他のものではありえない、蚕ならではの生、という意味で用いた。詩的な直感で把握された蚕という存在。

37　ゆふぐれにおもへる鶴のくちばしはあなかすかなる芹のにほひす

【出典】『朱靈』（昭和四十五年十月　白玉書房刊）所収「北邊」中

孤高の鶴の気配、香り、空気

書くということは思い出すことである。私たちは未来について書くことはできないし、また今という瞬間について書くこともできない。私たちはいつも思い出すという行為のうちに、それが何であるのかを探りつつその存在に辿り着こうとするのだ。

掲出歌は、旅[*1]で見た鶴を思い出しつつ、その存在に近づいてゆく。思いが至近距離に至ったとき、鶴は水辺をつついていた頭をふっと上げる。その時、食べたばかりの芹が嘴に香る。あたりはしんと冷えた北方の夕暮れである。ここには鶴という存在が鮮やかに立ち上がっている。野性の鋭い気配、凛と

＊1　昭和四十一年十月の北海道旅行がモチーフとなった連作「北邊」は六十首からなる大連作である。網走刑務所などを訪ね北海道東部を旅している。

した色合い、芹の香り、周囲に広がる空気まで伴って。

あきらかにものをみむとしまづあきらかに目を閉ざしたり　『朱靈』

ものを見るとはどういうことか、その方法は『朱靈』に至って完成したと言えよう。それは写生という視覚に頼った近代の方法を克服し、目を閉ざして存在の核心を直に「見る」という方法であった。

この方法の先駆者が斎藤茂吉である。葛原は斎藤茂吉に私淑し、生涯その歌の秘密を解こうとした。「茂吉をこっちへ取ってしまおう！」と森岡貞香[*2]と熱っぽく語り合ったという。[*3]

わが目より涙ながれて居たりけり鶴のあたまは悲しきものを　『赤光』

この茂吉の歌を引用し、「この歌をいわゆる写実の歌人の何人が理解するだろう」とも語っている。

鶴という存在の核心に触れてしまい、その「悲し」さに触れた「私」はいつの間にか涙を流している。「鶴のあたまは悲しきものを。然り。」と葛原はその悲しみを受け取る。茂吉は涙を流したが、葛原に涙はない。茂吉の「私」が濡れており柔らかいのに対し、戦後を生きる葛原の「私」はしんと冷え、孤独である。同じ孤独と孤高を葛原は掲出の鶴に見ている。

＊2　大正五年生。戦後を未亡人として生き、陰影ある独自の文体で知られる。歌集に『白蛾』『百乳文』など。戦後の女性による歌誌「女人短歌」で葛原と会う。以後、生涯をライバルであり歌友。（一九一六―二〇〇九）

＊3　『孤宴』「珍の墓」

38 他界より眺めてあらばしづかなる的となるべきゆふぐれの水

【出典】『朱靈』（昭和四十五年十月　白玉書房刊）所収「夕べの聲」中

詩人の場所としての「他界」

「他界」という場所からもし眺めたなら、と語り出される一首。暮れ残る水面はこの世の「的」のようにじっと見つめられる。

それにしても「他界」とは一体どこなのだろう。この歌の成立について、葛原自身が面白いエッセイ[*1]を書いている。

私は何ということもなくそのフライパンをそばの硝子窓に透かしたのであった。（略）だが歌うべきことはそこにあった。フライパンの底をとおしてぽっかりと遠い水がみえたからである。

このフライパンに穴が空いていたのか、あるいは視野が狭まり錯覚が生ま

＊1　『わが歌の秘密』葛原妙子（昭和五十四年　不識書院刊）

れたのか。ともあれ日常の些細が「他界」となり、そこからこの世がはるばると見られる。池だろうか、水溜まりだろうか、暮れ残っている水は、特別な場所となってそこにある。先のエッセイの中で葛原は「他界」について次のように語っている。

信じがたい他界のわれがいて下界の一点をみつめている、という感じに尽きるからである。（略）ずばりと他界にいるのは他ならぬ「われ」である。

まるで幽体離脱のような視野であり、この世を去る人が最後に目に焼き付ける風景のようだ。例えば水溜まり一つがひったりとこの世に止めおかれているのを見つめる。なぜそこにあり続けるのか、その意味を解かれぬまま「しづかなる的」となりつつ。そして思えば人間がまさにそのようにこの世にあり続けている。

「他界」は天国のような宗教的な場所ではない。はるばるとこの世を見るための詩人の場所であり、そこに葛原はもうずっと以前から棲んでいた。詩人とは刻々と死につつこの世を振り返る人のことである。染み通るようなさびしさとこの世への怖れが感じられる、後期を代表する一首。

39

雁《かり》を食せばかりかりと雁のこゑ毀れる雁はきこえるものを

【出典】『朱靈』（昭和四十五年十月　白玉書房刊）所収「雁の食」中

現代に聴き止める「病雁」の鳴き声

雁はヨーロッパではクリスマスになどに食べられる、鴨より大きな水鳥だ。瀟洒なレストランでの食事が思われる次のような歌も含む連作である。

天に近きレストランなればぽきぽきとわが折りて食べるは雁の足ならめ

高層階のレストランで雁を食べているという。雁の飛ぶ高さに居ながら雁の足の骨を折りながら食べるという発想が奇妙だ。「ぽきぽき」という音が乾いており、非情さを感じさせるがこの歌での雁はまだ食べ物である。ところが掲出歌では雁は食物であることを超えてその生の姿をあらわす。雁を食べていると「かりかり」と雁の声が聞こえる。それは食べられる雁のかそかな鳴き声だろうか、あるいは空を渡る雁の群れからこぼれ落ちてゆく雁の声だろうか。「毀れる」は、食べる時に崩される姿とも、美しい雁行からこぼれおちてゆく姿ともどちらにも受け取れる。おそらく二つは重ねられているだろう。その声がどこからともなく聞こえてくるのだ。

このこぼれ落ちてゆく雁は近代において大きな論争を巻き起こした。

病雁の夜寒に落ちて旅寝哉　　芭蕉

よひよひの露ひえまさるこの原に病雁《やむかり》おちてしばしだに居《ゐ》よ　　斎藤茂吉『たかはら』

病む雁が落ちてゆく様子を思いつつ寂しい旅寝をする芭蕉。その雁に「しばしだに居よ」と思いをかける茂吉。芭蕉の俳句と茂吉の歌とは響き合っている。*1 葛原はこの「病雁」を明らかに意識している。そしてもはや病雁とともに寝ることも、「しばしだに居よ」と呼びかけることもない。高層という現代的な場所で食べられる食べ物にした。高級な食物、物と化した雁は、しかしそこからかそかな鳴き声を洩らす。その時こそ、病雁のさびしさは蘇るのだ。「雁」は「かり」と読みたい。五回繰り返される「かり」の音が空を飛ぶ雁の群れの幻影となる。

*1 葛原妙子の師匠であり、「日本的象徴」を掲げていた太田水穂は、この響き合いを「この帰雁は芭蕉の象徴の模倣」（「潮音」昭和四年十二月号）と評した。象徴主義とは対立する方法、写生に依っていた茂吉はこれに激しく反論し「『病雁』といふ語に就て」「自作『病雁』の歌の弁」（「アララギ」昭和五年三月号）などを続け様に書く。この論争は「病雁論争」として近代を代表する論争となった。

40　暴王ネロ柘榴を食ひて死にたりと異説のあらば美しきかな

【出典】『朱靈』（昭和四十五年十月　白玉書房刊）所収「地上・天空」中

美に飢えた暴王

美とは何だろうか。『朱靈』のあとがきに「歌とはさらにさらに美しくあるべきではないのか」と記される。

西洋美術では十字架に掛かって血を流すキリスト、矢が刺さったまま恍惚とする聖セバスチャン、ヨハネの生首を捧げるサロメ、などなど凄惨な場面が美へと昇華されている。掲出歌の奇想は無惨であり、暗い輝きを放っている。美とは醜を孕むものであることを葛原は早くから自覚していた。それゆえ葛原は「美しきかな」と断ずるのだ。

暴君で知られるローマ皇帝ネロ。気に入らない者をつぎつぎに処刑し、キリスト教徒を迫害したことで知られる。しかし、歌や詩を好み、大衆を集めてワンマンショーを開くなど芸術への強い憧れを秘めた人であったとも伝わる。「何と惜しい芸術家が、私の死によって失われる事か」、自殺する前このように言い残したという。この時、喉を切ったと言われているため、その血の色は柘榴を連想させたかもしれない。

また、太宰治の小説『古典風』のなかでは、ネロの父親ブランゼンバートが暴君であり、柘榴を食べ過ぎて悶絶死する。虐待を受けていた母親のアグリパイナはその時、「私たちは助かったのだよ」と幼いネロを抱き締めて囁く。あるいはこの話が葛原の頭に残っていたかも知れない。

しかし由来はともあれ「暴王」と「柘榴」の組み合わせの直感的な衝撃によってこの歌は成立している。「異説のあらば」と仮定の形をとっている以上どんな異説でも想像しうる。だが、暴王の凄まじい暴力と割れた柘榴の赤とは詩的必然性によって他ではありえない出会いをしているのだ。

葛原は先のあとがきのなかで、自らの美への求めを「私自身につきまとふ心の飢餓の変形でもあるのだらう」とも語る。暴王も美への飢餓ゆえに真っ赤な柘榴を貪ったのだ。

41

ヴェネツィア人《びと》ペストに死に絶えむとし水のみ鈍く光りし夕《ゆふべ》

【出典】『朱靈』（昭和四十五年十月　白玉書房刊）所収「地上・天空」中

ペストの時代の空気、光、恐怖

昭和四十四年三月末から一ヶ月、葛原はヨーロッパを家族で旅する。日本人の海外渡航が自由化されて五年目。早くから西洋文化に影響を受けてきたこの歌人にとっては遅すぎる旅とさえ言える。

葛原は華麗な都市ヴェネツィアに華麗さだけを見ようとしなかった。むしろその暗部にこそ心を傾ける。ペストの歴史を重ねるのだ。十四世紀にヨーロッパで流行したペストでは人口の三分の一が亡くなった。掲出の歌の直後に次のような歌も並ぶ。

黒死病の死屍をのせゆく喪の舟としてゴンドラは黒く塗られき

目の前のゴンドラに乗せられたペストの時代の死者を想う。その時、黒という色は限りなく無気味であり同時に不思議な美しさを帯びてくる。この歌では黒という色が過去と今とを直に結ぶ役割を果たしている。

掲出の歌ではペストの時代の街の空気や光さえ蘇るかのようだ。初句が六音で始まり、第二句も六音のまま第三句へと句跨がりになっている。上の句のこの不安定さが、不安を呼び、風景を歪めてゆく。「死に絶えむとし」はすっかり死に絶えたのではない。いくばくかの人が生き残って死の恐怖に怯えているのだ。葛原はその一人である。「水のみ鈍く光りし夕」と語られる時、それは過去形でありながら目の前で揺れる水面として感じられる。

一つの都市が死に絶えようとする静けさ。それは過去のことではなくまるで未来のことのようでもある。人類がいつか華麗な街並みだけを残して死に絶える、そんなある日の気配がありありと感じられるのだ。このようなテーマにさえ微かな、そして深い美への指向が働いている。この連作では次のような華麗な作品も並ぶ。

薔薇酒《ばらしゆ》すこし飲みたるわれに大運河小運河の脈絡暗し

42

火葬女帝持統の冷えししらほねは銀麗壺《ぎんれいこ》中にさやり鳴りにき

【出典】『鷹の井戸』*1（昭和五十二年十月　白玉書房刊）所収「をがたまの花」中

*1　第八歌集『鷹の井戸』は昭和四十五年八月から五十二年六月までの七百二十一首を収める。

しらほねの色香と高貴

持統天皇は日本史上稀代の辣腕の女帝である。夫の大海人皇子と共に壬申の乱を起こして勝利。夫は天武天皇となり自らは皇后となる。夫亡き後は自ら持統天皇となり、息子である草壁皇子とともに政治を司る。さらには生前に譲位して孫の軽皇子（草壁皇子の子）を天皇（文武天皇）にし、自らは太上天皇となって文武天皇とともに政務を執った。古代史に渦巻く薄暗い陰謀の中枢に常に名の出て来る人でもあり、草壁のライバルであり人望も学才もあった大津皇子を陥れ、軽皇子の邪魔となった壬申の乱の功労者、高市皇子を暗殺したとする説もある。

しかし持統は飾り物の天皇ではなく、為政者としては有能であった。飛鳥浄御原令の制定、藤原京の造営をし、大宝律令の制定にも関わった。日本史のなかで異例ずくめの女帝だが、日本で初めて火葬された天皇としても知られる。この持統天皇を葛原は「火葬女帝」と呼ぶ。これほど素っ気ない呼称があるだろうか。皇后であり天皇であり太上天皇であり、そして妻であり母であり祖母でもあった、あらゆる栄光と血生臭さの極まったこの人の最終的な呼称が「火葬女帝」なのだ。

さらに、「火葬女帝」は下の句に至って「さやり」と鳴るだけの骨となる。華麗な銀の壷に収まった「女帝」は物質である。持統の全てが焼き尽くされ、冷え、清らかなカルシウムとなったことをこの歌は寿ぐのである。この歌には既成の価値観へのニヒリズムがある。まるで持統天皇の功績は火葬に付されたことだけだった、とでも言うように。「火葬女帝」と「銀麗壺中《ぎんれいこ》」、二つの硬質な言葉が涼しく響き、持統の骨は持統天皇そのものよりずっと気高く清らかで、微かに色香さえ香らせている。女帝の分厚い存在感が物質の清らかさに変わる時、本当の高貴が訪れる。

43

しみじみと聞きてしあればあなさびし暗しもよあな萬歳の聲

【出典】『鷹の井戸』（昭和五十二年十月　白玉書房刊）所収「夕ありて朝」中

「連帯」と「孤独」の葛藤

第二次世界大戦中の挙国一致体制[*1]のなかで万歳三唱は兵士を戦場へ送り出す見送りの人々が祝いとして唱えた。また敵艦へと突っ込む特攻隊員は「天皇陛下万歳」を叫ぶことになっていた。そして敗戦間近のサイパン島[*2]北部の岬、プンタンサバネタでは降伏を禁じられた人々が「天皇陛下萬歳」を叫んで身を投げた。この岬はバンザイクリフと呼ばれている。学校で、職場で、町内会で、ありとあらゆる場所で万歳が叫ばれた時代があった。

戦中に青春期を過ごし、その声を聞いてきた塚本邦雄は、「あの掛聲が悪寒を催すほど嫌ひだ」、とした上でこの歌の鑑賞を次のように結ぶ。

＊1　日中戦争の長期化にともなって、昭和十三年、国家総動員法が制定された。国の生産体制にはじまり、流通、金融、言論出版にいたるまで戦争の遂行のために統制された。第二次世界大戦終戦まで続く。

＊2　この当時、サイパン島は日本の統治下にあった。

人、感極まつた時、おのづから一人一人の、誰にも倣ひ得ぬ感嘆詞があつてよい。それすら制服《ユニフォーム》でないと安心できぬこと、それが人の性ならば「さびし暗しもよ」とは、自分自身の魂の暗闇に向つて洩らすべき嗟歎の聲であつた。

塚本はこの歌に自分自身の暗闇との対話を読み取る。「悪寒を催すほど」の嫌悪の正体は自らの魂の暗がりに宿るというのだ。戦中を通して葛原が聞き取った「萬歳」の声は孤独な人間の暗部から発せられ、有無を言わさず孤と個を圧し潰すファシズムとなっていった。この歌では「しみじみと」と始めるように、自らの内面にこそ暗がりはあると示唆する。二度繰り返される「あな」は自らの心を深く探って出会う嗟歎の声だ。なぜ人は、そして自分は一人であることができず「制服」を着てしまうのか、と。

葛原にとって孤独は重要なテーマであったが、もう一つは人間の「連帯」とは何か、であった。キリスト教に「はっきりした連帯意識」[*3]を読み取り、また「人間連帯のもっとも単純なすがたは母子であるから」[*4]とも記す。孤独と連帯、この問いの間で萬歳の声を聞く。

*3　「灰皿」昭和三十三年三号。「キリストはしいたげられた民族の中から生まれたこととして切離しては考えられない」とし、キリスト教がいかにしてユダヤ民族が生き残るかという連帯の問題を抱えていたことを指摘している。

*4　『狐宴』中。葛原はこの母子の「連帯」に人間の連帯の最初の悲しみが宿るとした。「悲傷のはじまりとせむ若き母みどりごに乳をふふまること『原牛』」と詠まれる。

44　昔日本に幻音ありきいつせいに鶴は樂音のごとく立ちにき

【出典】『鷹の井戸』（昭和五十二年十月　白玉書房刊）所収「だんだら」中

鶴という存在が奏でる楽音

啄《ついば》んだり、羽ばたいたり、さまざまな姿をしている鶴の群があるときいっせいに立ちつくす。警戒しているのか、あるいは何かの号令を聞き留めたのか。鶴の群れの一瞬の緊張した立ち姿が「樂音」のようだと言うのだ。音に例えることによって風景はさらに美しく磨かれる。鶴の凜とした姿が澄んだ美しい音楽へと変容してゆく。

幻音は、空音、そら音で、誰もひいていないのに感じられる楽器の音のことである。「昔日本に」と語り出されるこの歌は、昔話のスタイルをとっているため、この「幻音」は物語を伴って感じられる。今はない楽器によってひかれようとした音。昔の日本には一体どんな楽器があり、どんな音がしていたのか。鶴はその音を聞き留めていっせいに立ち尽くしたというのだ。

そもそもこの作品のどこにも音はないのに、幻としての音は一首全体を貫いている。鶴の白さやほっそりとした立ち姿のイメージが美しく澄んだ音色を思わせる。近代の写生主義が視覚を先立て、ものを見ることに傾注したのに対して、葛原は五感を大事にし、内面の感覚を研ぎ澄ませた。この歌は鶴という存在の美しさを極限まで追い求めた結果の表現と言えよう。

映像を音で表現するという方法は美を求め続けた葛原の必然によって見出された。そうした音に敏感な歌はいくつも見出される。

とりいでし牧羊の鈴を床《ゆか》に落す鈴の音すなはち遠街《をんがい》をさまよふ　『朱靈』

かうもりの飛ぶなる部屋はかうもりの飛ばざる部屋よりしづけさ充つる　同

つくつくぼふし三面鏡の三面のおくがに啼きてちひさきひかり　同

これら、心を研ぎ澄ませて聞き留められた音や啼き声は、私たちが置かれた世界のさびしい広がりを伝える。幻視の女王と呼ばれた葛原はまた幻聴の女王でもあった。

45　郭公の啼く聲きこえ　晩年のヘンデル盲目バッハ盲目

【出典】『鷹の井戸』（昭和五十二年十月　白玉書房刊）所収「薄暮青天」中

全ての音楽が鳴り止む闇

ヘンデルとバッハ。バロック音楽を代表する大音楽家だが、その音楽に注目するのではない。彼らが共に晩年に盲目となったという事実に注目する。バッハは六十五歳の時、それ以前から煩っていた眼疾のため手術を受けるが失敗し、それがもとで間もなく亡くなっている。ヘンデルも失明し七十三歳の時手術を受けたが失敗し翌年に亡くなっている。共に執刀したのは当時高名な眼科医であったジョン・テイラーという医者だ。だがこの医者は自分の名声作りに巧みなばかりで藪医者であったらしい。あの巨匠たちが藪医者の甘言に乗ってそろって失明したという事実は、不思議な好奇心を呼び起こす。そして彼等の創作した壮麗な音楽がふと停止するのだ。

この歌では郭公の鳴き声が先に示される。郭公の啼き方は他の鳥の囀りと違って、静寂とともにある。静かな山中で一声カッコー、と啼いたあと訪れる静寂。それを郭公自身じっと聞いている風情がある。郭公とヘンデル、バッハとは直接には何の関係もない。だが、郭公のさびしい一声は盲目となった後の彼らの内面世界だ。二人が創り上げた壮大な音楽世界、さまざまに奏でられた楽音が止み、郭公の一声だけが後に残る。

また、ここにはちょっとした意地悪も働いていよう。その意地悪は、ヘンデルやバッハをひたすらに崇めるような常識に向けられている。華麗なマエストロであるヘンデル、バッハも事実なら、藪医者によって盲目となった老人であったことも事実だ。この二つの事実のズレこそ人間が背負う不条理だろう。どのような音楽も届かぬ寂しい暗闇。二人は心にさびしい郭公を一羽ずつ飼って鳴き交わしたかもしれぬ。人間存在の孤独に迫る意地悪が仕掛けられている。

46

天體は新墓《にひはか》のごと輝くを星とし言へり月とし言へり

【出典】『鷹の井戸』（昭和五十二年十月　白玉書房刊）所収「薄暮青天」中

墓という孤独の位置の美しさ

或るピラミッドのどこかに五十五センチ四方の窓があいていることを想像してご覧。その窓を差しつらぬいて、十七年目毎に、三日間だけ、あの天狼星シリウスの光が横たわっているファラオの顔を照らすのです。

『孤宴』[*1]には、ある人の話としてこのように書かれる。ピラミッドの壮大さやファラオの権力の凄まじさ、そして計算され尽くしたこの小窓から差す星の光に感嘆しつつ葛原は次のように結ぶ。

ときに微少な私は自分の墓を夢想することはない。月の光はいつか畳

＊1　『孤宴』「ねむりの位置」昭和五十六年

にながれていてなにゆえか私からつめたいなみだがいくすじか流れた。

墓とは何か。ファラオの墓も、夢想さえされない葛原の墓も天体に照らされる時、同じほどに澄んだ孤独な眠りの場所と感じられる。月の光に照らされた葛原は素直な涙を流す。人間との距離感に比較して天体に親しいのは葛原が抱え込んだ孤独のゆえであろうか。生きている間抱えていた孤独がくっきりとその位置を持つ場所、それが墓なのだ。

掲出の歌は、天体を「新墓」と捉える。死者達が得た永遠の眠りの場所が天体であれば、それは数学的に美しく定まった位置を持つ。真新しい墓の生々しい悲しみによって常に新しい輝きを保ち続ける星々。その美しさの一つを自らの墓とするかのようでもある。先のエッセイが書かれてから二十年近い歳月が流れ、この歌には天体に心を預けるような微かな安らぎがある。

歌人にはそれぞれ独自な空間観というものがある。[*2] また、時代によってもその空間観は異なる。都を中心とした王朝和歌の空間、田園と都市の往還を空間とした近代短歌。それに対して現代短歌は宇宙を空間に取り込む。葛原は後期に到るほど、宇宙という空間に親近感を持つようになった。

＊2　王朝和歌には夥しい月が詠まれるが、星は詠まれない。月との対話が中心となっている。宇宙という空間観とは異なる独自の世界観と言えよう。

47

さねさし相模の臺地山百合の一花《くわ》狂ひて萬の花狂ふ

【出典】『をがたま』未刊　遺歌集[*1]「風星」中

*1　葛原の死後、森岡貞香を中心に『鷹の井戸』以後に発表された作品を集めた。葛原による選歌、構成を経ておらず、発表順に並べられている。歌集名「をがたま」は、昭和五十六年葛原が創刊した短歌季刊誌「をがたま」による。昭和五十三年から五十八年秋までの五百七十五首を収める。

一音の欠落が呼び出す「狂ひ」

「さねさし」は相模に掛かる四音の枕詞である。相模にしか掛からず、その由来も未詳であることでも知られる。枕詞は「あしひきの」「たらちねの」など通常は五音だが、まれに三音、四音のものがある。その珍しい例外の一つだ。

この枕詞は古事記のなかで弟橘比売《おとたちばなひめ》が詠んだとする歌に使われている。倭《やまと》建《たける》が走水の海を渡ろうとすると海が荒れ、それを鎮めるため弟橘比売が海に身を投げる。そしてまさに沈もうとしつつ次のように倭建への愛を詠む。

さねさし相模《さがむ》の小野に燃ゆる火の火中《ほなか》に立ちて問ひし君はも

焼津の野で火攻めに遭ったとき、炎に巻かれながら弟橘を気遣ってくれた倭建への愛おしさを詠む。古事記の中でも最もドラマチックな場面に登場するこの歌は、愛の歌でありながら四音の枕詞のためにどこか不穏で不安である。欠けた一音が全体を不安定にし、韻律を乱すからだ。そしてそれこそがドラマを呼び込む。

第二次大戦中、弟橘の自己犠牲は大いに賞揚された。命を捨てて捧げられる自己犠牲は本当に尊いのか？　国家の始まりに位置する古典が描く自己犠牲は、一つの「狂い」として歴史の中に次々に狂いを生んでいった、とは考えられないか。「一花」と「萬の花」という対比には、葛原が考え続けた孤独と「連帯」のテーマが滲み、人間社会を俯瞰する眼差しを備えている。

昔の相模原台地は荒野で山百合[*2]が一面に咲いていたという。「狂ひて」をどのようにイメージするかは読み手に任されているが、一つの百合が花開くことだと想像してみてもいい。それにつられるように「萬の花」が次々に開花する。あるいは百合が風に煽られてんでに首を振る様子だとも想像できる。しかしそのような美しい風景全てを「さねさし」が不穏の徴に変えてしまう。

＊2　現在は神奈川県の県花。（昭和三十六年制定）

48

青白色《セルリーアン》　青白色《セルリーアン》　とぞ朝顔はをとめ子のごと空にのぼりぬ

【出典】『をがたま』未刊　遺歌集「蟬」中

セルリーアン、セルリーアンの楽しさ

空色の朝顔が蔓を伸ばして咲き登ってゆく様を「青白色《セルリーアン》　青白色《セルリーアン》」の繰り返しによる不思議な音韻で表現する。セルリアンはセルリアン・ブルーとも言われ、硝酸コバルトから作られた顔料の緑がかった鮮やかな青色を言う。セルリアンではなくセルリーアンと英語の発音に近い読ませ方をすることによって、細い蔓がゆっくりと巻き登ってゆく様子が想像できる。この気怠いような音韻こそがこの歌の要であり、全体の気分を作っている。

セルリアンの語源はラテン語で、天国や空を意味する。朝顔はひたむきに空へ憧れる「をとめ子」のようだというが、清らかなばかりではない。「セルリーアン」という音からはしなしなとしたひ弱さも感じられる。観念的な憧れによって天国を憧憬する青二才、という気分も含まれているだろうか。

葛原は青という色に特別な拘りを持っていたようだ。

少年は少年とねむるうす青き水仙の葉のごとくならびて　『原牛』
キリストは青の夜の人　種《しゆ》を遺さざる青の變化者《へんげ》　同
青蟲はそらのもとにも青ければ澄むそらのもと燒きころすべし　『葡萄木立』
死にし者白晝にわれを誘《いざな》へり　青き蚊のごとく立つ弟よ　同

ナルシスを思わせる少年の美しい青さ、子孫を残すことのなかったイエスの孤絶の青、空の色を拒む青虫の青、そして亡くなった弟の青い立ち姿。さまざまな表情をもつ青は陰りを含んで厳しくさびしい。

しかし、掲出歌では朝顔の鮮やかな映像と「青白色《セルリーアン》」という音が楽しまれ、少しユーモラスでさえある。葛原の遺歌集として編まれた『をがたま』には、晩年の葛原が到った解けた歌境がある。孤高の美の求道者は、懐かしげに親しみをこめて世界を眺め始めている。

49　ゆふぐれの手もてしたためし封筒に彦根屏風の切手を貼りぬ

【出典】『をがたま』未刊　遺歌集「彦根屏風」中

暮れ残る金色の切手の余韻

日常のどこにでもあるさりげない場面だ。夕方、書き終えた手紙に封をして切手を貼った、それだけのことが詠まれている。しかし何とも言えない豊かな余韻が残る。この後に「彦根屏風、方寸黄金の切手にて禿《かぶろ》のゐたり遊女《め》ゐたり」と彦根屏風*1が説明されるが、黄昏の一隅に切手の金色が一点ひっそりと光を保っている。アクロバティックな修辞があるわけではない。物語や背景があるわけでもない。しかし「ゆふぐれの手」こそ見事な修辞で、一首全体に及んで穏やかで豊かな気分を創り出す。彦根屏風に描かれるほっそりとしたさびしげな禿や遊女たち、その世界と混じり合うような静かで美し

*1　彦根屏風は、江戸時代初期に描かれた風俗画で、金の地に遊里の様子が描かれる。立ち姿の女性や、俯き楽器を爪弾く人などが描かれるが、どれもほっそりとしており物静かで寂しささえ感じさせる。

い夕暮れ時だ。

葛原に純粋に美しさだけを感じさせる作品群がある。意味も物語も背景も主張もない。しかし読み終わって心に残る作品群である。

いまわれはうつくしきところをよぎるべし星の斑《ふ》のある鰈を下げて

玻璃鉢にシャロンの薔薇の泛けりけるさびしきろかも　めぐりもとほる

積雪遠屋根にひらめくことありて鶴などのわらふごとくあかるき

過ぎし旅に悲哀せるものかぞふればイタリアの藤淡く垂りたれ

どれも小さな場面を捉え、それを中心に広がる世界の澄んだ空気を感じさせる。鰈の「星の斑」は天体の星と呼び合うようであり、硝子の鉢に浮く薔薇は誘うように香っている。また、鶴の「わらふ」ような一瞬の雪の輝きは鋭く冷えた美しさだ。そしてイタリアの藤の揺れる儚い色合い。これらの作品には注意深く用いられた動詞、助動詞、助詞が組み込まれており、美しくあるために磨き上げられている。『朱靈』に「歌とはさらにさらに美しくあるべきではないのか」と記した葛原は、後年になるほど美へ意識を集中し、美のみが残る世界を目指した。

50　をりにふと憂鬱なりしモネはしも袖口にレースを着けて歩みぬ

【出典】『をがたま』未刊　遺歌集「顔にある花」中

神の死んだ世界の微光

白い髭を豊かに蓄えた晩年のモネ[*1]の写真をよく見ると、袖口から白いレースが零れている。二十世紀初頭の男性の服装にしてみればやや異風だ。

このレースに興味をもった葛原は、「モネはしも」と「よりによってあのモネが」と、レースを着けていることに驚く。さらに想像は膨らみ、「レースを着けて歩みぬ」という動きを加えるのだ。この動きによって、モネのレースへの愛着が尋常ならざるものになる。憂鬱の兆した老画家はやおら袖口にレースをつけ歩き始める。葛原はモネにそんな隠し事があったかのように想像してみせる。

＊1　クロード・モネ。印象派を代表するフランスの画家。二十代の頃サロンに落選し、以後経済的に苦しい生活を送る。三十代でサロンを離れ仲間達と独自の展覧会を開き『印象・日の出』などを出品するが惨憺たる評価を受ける。四十代で経済的に安定する。晩年は白内障に加えて家族や友人の死去に見舞われる。

モネは一八四〇年に生まれ一九二六年に没する。ニーチェによって「神は死んだ」と宣言された十九世紀末には「中年」というよりは初老であった。神の「生きていた」時代から神の「死んだ」時代を表現者として生きたのだ。

もう一首、モネが詠まれており掲出歌の前に置かれる。

神殿《かみすで》にゐざりしモネの中年に青銅の睡蓮わだかまりたり

神を失った後の睡蓮が重たい「青銅」色をして陰鬱に「わだかま」っている。それはさながら神から見放され、自ら黙考を始めた者のようだ。

そして掲出歌では晩年のモネが描かれる。晩年のモネは白内障でほとんど仕事ができない時期もあった。「光の画家」と呼ばれたモネは、晩年の自らに補うべき光のように袖口にレースを付けたのかもしれない。あるいはモネには一抹の信仰が形を変えて宿っていたかも知れぬ。葛原はそのように直感したのではないか。袖口のレースは神に縋《すが》るようにレースに縋る孤独な老人の暗澹とした内面を象徴するようだ。翻ってモネが描いた絵画の数々、大作の数々は神を失った近代人モネが求めた光であったかもしれない。

歌人略伝

明治40年（1907）東京市文京区生まれ。父は外科医、母は俳人。三歳の折、福井の伯父に預けられ、幼少期を孤独に過ごす。東京府立第一高等女学校高等科国文科卒。昭和2年、外科医の葛原輝と結婚。昭和14年、32歳で太田水穂主宰の「潮音」に入社、作歌を始める。四賀光子に師事。昭和19年子供と共に長野県に疎開、翌年末に帰京。昭和24年、女人短歌会創立に参加。昭和25年、第一歌集『橙黄（とうおう）』を刊行。前衛短歌の勃興期にあって、「難解派」と呼ばれたが、「難解派の辨」において、「生存の迷」に深く根を下ろした反写実的方法を提示。「再び女人の歌を閉塞するもの」で、抑圧されてきた女性の裡にある感性こそ表現の沃野であると主張した。生涯を斎藤茂吉に私淑。『飛行（ひぎょう）』（昭和29年）、『原牛（げんぎゅう）』（昭和34年）、『葡萄木立（ぶどうこだち）』（昭和38年）（日本歌人クラブ賞受賞）。戦後を生きる人間に宿る根源的な不安が、さまざまなイメージや暗喩的世界に表現された。『朱靈（しゅれい）』（昭和45年）そのほかの仕事によって、第五回迢空賞受賞。『鷹の井戸』（昭和52年）刊行。鋭い直感力によって、日常に潜む異世界を透視し、存在の不安と悲しみを捉える作風により「幻視の女王」とよばれる。昭和56年、歌誌「をがたま」を創刊。昭和58年、視力障害のため「をがたま」秋号をもって終刊。昭和60年（1985）、没。享年78。

略年譜

西暦	和暦	歳	葛原妙子の事績
一九〇七	明治40年	0	2月5日、東京都文京区千駄木に生まれる。父、山村正雄（外科医）。母、つね（俳人）。
一九一〇	明治43年	3	父の都合により兄弟姉妹ばらばらに預けられる。父方の伯父の許（福井市）で育つ。
一九一九	大正8年	12	4月、旧東京府立第一高等女学校に入学。
一九二四	大正13年	17	4月、高等女学校卒業後、母校高等科国文科に入学。
一九二七	昭和2年	20	1月、医師葛原輝と結婚、千葉市に住む。
一九二八	昭和3年	21	8月、長女葉子出生。
一九二九	昭和4年	22	4月、輝、旧九州帝大医学部に勤務。福岡市に転住。
一九三四	昭和9年	27	2月、東京に帰住。6月、長男弘美出生。
一九三五	昭和10年	28	4月、東京都大田区山王に、輝、外科病院を開設、以後同所に定住。
一九三六	昭和11年	29	11月、次女彩子出生。

一九三九　昭和14年　32　4月より太田水穂主宰の「潮音」社友となり、四賀光子の選を受ける。

一九四一　昭和16年　34　1月、三女典子出生。

一九四四　昭和19年　37　8月、子供と共に長野県浅間山麓星野に疎開、翌年末に帰京。

一九四七　昭和22年　40　6月、実父、正雄、葛原家に身を寄せたまま病没（71歳）。

一九四八　昭和23年　41　日本歌人クラブ会員となる。五島美代子に初めて会う。

一九四九　昭和24年　42　春、長女、葉子、聖心女子大学進学とともに受洗。妙子は反対。以後キリスト教文化への関心を深める。「女人短歌会」創立メンバーとなる。

一九五〇　昭和25年　43　☆11月、第一歌集『橙黄』を長谷川書房より上梓。

一九五四　昭和29年　47　☆7月、『飛行』（白玉書房）刊行。

一九五六　昭和31年　49　4月、「現代歌人協会」結成、発起人に加わる。室生犀星と初対面、『飛行』への理解を得る。
※大岡信と塚本邦雄の間に方法論争おこる。（前衛短歌運動始まる）

一九五七　昭和32年　50　山陰地方を旅行する。作品「原牛」50首となる。

一九五九　昭和34年　52　☆9月、歌集『原牛』を白玉書房より刊行。

一九六一　昭和36年　54　1月、肺炎を病む。「律」創刊に参加。

一九六三　昭和38年　56　☆11月、『葡萄木立』（白玉書房）を刊行。

一九六四	昭和39年	57	『葡萄木立』日本歌人クラブ賞受賞。南日本新聞歌壇選者となる。
一九六五	昭和40年	58	東大病院で眼疾の診察を受ける。
一九六八	昭和43年	61	12月、大田区短歌連盟を設立、会長となる。
一九七〇	昭和45年	63	☆10月、『朱靈』（白玉書房）刊行。
一九七一	昭和46年	64	6月、『朱靈』そのほかによって第五回迢空賞受賞。
一九七四	昭和49年	67	☆9月、『葛原妙子歌集』（三一書房）が刊行。
一九七六	昭和51年	69	3月、師、四賀光子死去。秋、文化出版局主催「現代短歌大賞」の選考委員。
一九七七	昭和52年	70	☆10月、第八歌集『鷹の井戸』（白玉書房）刊行。
一九七八	昭和53年	71	☆9月、『原牛』以後の作品を収めた実質的第四歌集『薔薇窓』（白玉書房）を刊行。
一九八一	昭和56年	74	☆1月、随筆集『孤宴』（小澤書店）刊行。5月、季刊短歌誌『をがたま』を創刊、編集発行人となる。
一九八二	昭和57年	75	7月、塚本邦雄が『百首百華――葛原妙子の宇宙』（花曜社）を刊行。
一九八三	昭和58年	76	11月、視力障害のため『をがたま』秋号をもって終刊。

一九八四　昭和59年　77　健康状態が復さず、この年から作品発表なし。その他の短歌活動もすべて中止。

一九八五　昭和60年　78　4月12日、長女、葉子により受洗。9月2日、多発性脳梗塞に肺炎を併発して没する。文京区東京カテドラル聖マリア大聖堂にて葬儀ミサ、及び告別式が行われた。

解説　「葛原妙子――見るために閉ざす目」――川野里子

葛原妙子は今日最も熱く読み継がれている歌人の一人である。その魅力は、様々な角度から語られ、あらたに発見され続けている。ここではそうした作品の誕生した時代や背景について簡単に解説しておきたい。

葛原妙子は、一九〇七年（明治四十年）二月に東京に生まれた。父は外科医、母は俳人であった。三歳の時、父の都合により福井の伯父のもとに預けられ、厳しい躾のもと幼少期を孤独に過ごしている。

作歌を始めるのは、三十二歳で「潮音」に入社してからである。高等女学校時代に授業を受けたことのある四賀光子の選を受け始めた。結婚し、三人の子供を持ってからという遅い出発であった。当時の作風は良妻賢母の範疇を超えることのない穏やかなものであり、とうてい今日イメージされる葛原妙子を感じさせるものではない。

本格的に作歌に取り組むことになるのは疎開先での越冬体験後である。第二次世界大戦の戦局極まった一九四四年八月、葛原は幼子を含む四人の子供を連れて長野県浅間山麓の別荘へ疎開する。その冬の食糧難と寒さにより命の危機を感じつつ過ごした経験は葛原にとって痛切なものだった。当時の戦争体験としては特別なものではないが、窮乏と孤立は創作者の内面にその後の核となる何かを植え付けた。

竹煮ぐさしらしら白き日を翻《かへ》す異變といふはかくしづけきか　『橙黄』

終戦を「異變」と捉える葛原の内面には明らかにそれ以前とは異なるものが宿っており、独自の眼差しが備わっている。全ての価値観が崩れた戦中から戦後へという大きな時代の転換は、葛原に多くの問いを突きつける。終戦の年の年末に東京に戻って来た葛原は表現者として立つ意志を固めている。

さらに創作意欲を燃やす契機となったのが、一九四九年、四十二歳で超結社の集団、「女人短歌」の創立に参加したことである。それまで「潮音」の内部で期待されつつ過ごしてきた葛原だが、この時、森岡貞香、五島美代子らを始めとする多くの女性歌人と初めて会することになり、強い刺激を受けた。

「女人短歌」創刊号には「女人短歌宣言」掲げられ、「短歌創作の中に人間性を探究し、女性の自由と文化を確立しよう」、「女性の裡にある特質を生かして、新鮮で豊潤な歌を作らう」など女性による独自な表現の創造を掲げている。さらに「女人短歌叢書」が創設され、五島美代子の『風』などをはじめ次々に女性の歌集を刊行する。その一冊として葛原の第一歌集『橙黄』（一九五〇年）は刊行された。

こうした動きの背景には、敗戦後の文化クライシスと言える状況があった。戦前、戦中に活躍した主立った歌人は戦争責任の問題を抱えていた。また、桑原武夫ら多くの知識人による短詩型文学批判、いわゆる「第二芸術論」があった。易々と戦争協力に流れた短詩型文学は、自立した文学としての資格を持たないとの激しい批判に晒されていたのである。新しい表現者による新しい表現が日本文化全体から切望される状況があった。

こうした激しくも創造的な空気の中で、自らの表現を求めて葛原は、論文「再び女人の歌を閉塞するもの」（一九五五年三月）を書く。

・今迄の短歌的な情緒とはやゝ異質なものが、別に生れてゐるといふ事も確かである。それらを露はにする多少の勇氣を、限られた現在の女流の人たちが持つたと云へると思ふ。

・中年女性の短歌は、當然その生活の反映であり、廣い意味での矛盾に充ちた日本社會の反映と言ふ事が出來る。

・粘着したもの、臭氣のあるもの、ひしがれ歪んだものの一切を含み、かつ吐くがよいと思ふ。

この文章は、折口信夫の「女流の歌を閉塞したもの」（一九五一年一月）に答える形で書かれている。折口は与謝野晶子ら明治の浪漫派の表現を回顧しつつ、アララギ派にはない表現の可能性を示唆したが、葛原は全く異なることを考えていた。自らの内部に蟠《わだかま》る醜いものをも晒すあらたな表現こそ発掘されるべきであると訴える。この論文は、時代への応答として、また自らの方法の原点を語ったものとして注目されるべきだろう。

一方、「女人短歌」が創刊された年、同じ月に塚本邦雄らによる同人紙「メトード」も創刊されている。メンバーであった杉原一司は「最も個性的に物を見るためには、見るといふことの自覚、すなはち方法的な態度が必要」と書き、明晰な方法論に基づいた詩歌の創造を宣言する。

赤い旗のひるがへる野に根をおろし下から上へ咲くヂギタリス　　塚本邦雄

創刊号に掲げられた塚本邦雄のこの明晰な作品に比較するとき、葛原の作品は現実との接点を意識的に残しており、明晰とは言いがたい澱のようなものを湛えている。塚本とは反対の方向性を持つと言える。とりわけ初期において葛原が大事にしたのが女としての自らの身体感覚であった。

夏のくぢらぬくしとさやりゐたるときわが乳《ち》痛めるふかしぎありぬ　　『飛行』

『橙黄』から『飛行』にかけて方法論に悩む葛原は身体の感覚を通じて世界を感受するという方向を一つの手がかりとする。それは次第に、生の感覚を通じて世界を把握する方法として展開してゆく。

原牛の如き海あり束の間　卵白となる太陽の下　　『原牛』

こうした歌は、風景とは言いがたく、視覚に集中した写生の方法とは明らかに異なる。また観念で構築した塚本邦雄の人工美とも異なる。世界の感受の仕方自体が直感的であり身体感覚を介していることが感じられよう。その違いを方法として語ることは難しいが、あえて言えば、感官を通じて直感したものを言葉によってゆっくりと再現する試みである。その結果、対象は作者の内部のものでもあり、かつ外部のものでもあるような不思議な立ち現れ方をするのだ。

男性を中心とした前衛短歌運動が盛んに議論される中で、葛原は「前衛短歌の伴走者」もしくは「倍音」(1)と位置づけられることもあった。そして「幻視の女王」、「魔女」、「黒聖母」、「ミュータント」などの異名が与えられる。こうした呼び名は桂冠のようでありつつ、人間以外の怪異のものへの棚上げでもある。また作品の不思議な力への賛嘆であり同時に読み解き難さを告白する命名にほかならない。しかしこの読み解きがたさこそ葛原が抱えていた前衛短歌とは異なる要素なのだ。

葛原が大切にした身体感覚を先立てた表現は、戦後の人間復興の側面をもっていた。それは女人短歌に集った意識的な女性歌人が試みた最初の方法でもあった。「欲しがりません、勝つまでは」という戦時中の標語が表すように、人間の自然な欲望や感覚、感情までを徹底して封じたのが戦争の時代であった。身体の感覚を先立てることはそうした時代から人間中心の世界を開くことでもあったのだ。

また、身近な生活の場においては、葛原の父、そして夫が外科医であったことは葛原に独自な感覚と人間把握をもたらしたと言えよう。

スパークはどの病室《へや》なりしわが前に扇風機のつばさふと停みしなり　『原牛』
椅子にして老いし外科醫はまどろみぬ新しき血痕をゆめみむため　『葡萄木立』
厨のくらがりにたれか動きゐて鋭きフォークをしばしば落せり　『葡萄木立』
美しき把手《のぶ》ひとつつけよ扉にしづか夜死者のため生者のため　同
死は絶えて忌むべきものにあらざるも　死の悪臭は忌むにあまるべし　『朱靈』

このような日常の点景を通じて、その作品は人間界の異変の直感へと通じている。葛原の自宅は病院と繋がっており、人の生死は観念としてではなく、まさに扉一つ向こうで起こっていることであった。病院を改装した自宅の玄関が、かつて遺体搬送用の出口であったことを葛原自身語っている(2)。人の棲む世界は危ういものであり、死は常にそこにある。それは観念としてではなく、日常として存在していた。

斎藤茂吉に私淑していた葛原は、現実を見つめることを出発点とし、歌が観念化することを常に戒めていた。「幻想」と呼ばれる自らの表現は、頭で描いた幻想ではなく根拠があるのだとしばしば語っている。生や死が観念などで軽々に語り得ないことを知っているからこその歌論である。

葛原の表現の特徴である冷えた硬質な物への指向や、日常に潜む異常への敏感さなどの詩質はこうした日常も遠因していよう。葛原を語るキイワードである「生の根源的不安」はひと言で語れるようなものではないが、人の死の隣室に寝起きする、という象徴的な日常を背景とするときより重みを増すように思われる。

また、忘れてはならない大きな要素がキリスト教である。これはまさに予期せぬ「遭遇」であったと言える。「女人短歌」が創刊された年、長女の猪熊葉子が聖心女子大学に進学すると同時に受洗した。葛原は猛反対したが、以後、娘の傍らからキリスト教世界を凝視しつづけることになる。葉子は次のように記している。

私の母はカトリックっていうものの美的な部分には強い関心を持ち、それを限りなく愛しており、『薔薇窓』という歌集もあるぐらいですが、宗教そのものについては断固受け入れ拒否を続けていました。（『児童文学最終講義』二〇〇一年　すえもりブックス刊）

葛原はキリスト教世界をさまざまな角度から見つめた。

十字架に頭《かしら》垂れたるキリストは黒き木の葉のごとく掛かりぬ　『縄文』
キリストは青の夜の人　種《しゆ》を遺さざる青の變化《へんげ》者　『原牛』
出口なき死海の水は輝きて蒸發のくるしみを宿命とせり　『原牛』
怖しき母子相姦のまぼろしはきりすとを抱く悲傷《ピエタ》の手より　『葡萄木立』

初期においては娘を奪った異界として見えていたキリスト教世界は、次第に人間世界の不可思議を凝縮した世界として表現されるようになる。あるときは即物的に、またあるときはエロスを含む目で、そしてまた人間の罪過そのものの姿として。葛原は信仰を持たぬ者の自由な眼差しでキリスト教を見つめ、聖書に描かれる世界を通じて人間の不可解やその世界を俯瞰する目を得た。それはキリスト教文化を育んできた西欧世界の深部を覗き見ることでもあった。そうしたキリスト教との関わりによって醜さをも含む独特の美への意識をさらに深めてゆくことになる。

一九六九年三月から葛原は家族とともにヨーロッパを一ヶ月ほど旅する。日本人の海外自由渡航が自由化されてから二年後のことである。プラド美術館前のゴヤの像に葛原は「挨拶」する(3)。

「あなたの畫に慰められたことは一度もありません。ただ、あなたの畫はたいへん怖しいのではるばるとやって來ました」

しかし、写真集などで見続け思い続けたゴヤの本物の「巨人」との出会いは意外なものだった。葛原は次のように記す。

「だが何というふしぎ、いま眼の前にある「巨人」は私の期待を裏切ってはるかに弱いのである。一体これはどういうことか」

この旅で、葛原は西欧のキリスト教信仰と深く結びついた文化に圧倒されている。しかし、それは葛原の内面で想い膨らんだそれとは明らかに異なるものでもあった。遠い日本からキリスト教を通じて思い続けた西欧はその裡で独自の世界を形作っていた。そういう意味では見るべきはその内面世界ですでに見ていた観がある。

帰国後は短歌という詩型に一層厳しく美を求め、『朱靈』のあとがきに次のように記す。

「歌とはさらにさらに美しくあるべきではないのか」といふ問ひに責められる。この嘆きは、とりもなほさず自己不達成の嘆きに他ならず、おそらくは一生、私自身につきまとふ心の飢餓の變形でもあるのだらう求道者の趣さえ湛えた歌人は、短歌という詩型を聖堂としてそこに帰依し続けたようにも見える。

玻璃鉢にシャロンの薔薇の泛けりけるさびしきろかも　めぐりもとほる　『鷹の井戸』
ほのぼのとましろきかなやよこたはるロトの娘は父を誘《いざな》ふ　『鷹の井戸』
さねさし相模の臺地山百合の一花《くわ》狂ひて萬の花狂ふ　『をがたま』

一九八四年から活動を全て止めていた葛原は、翌一九八五年九月二日、多発性脳梗塞で亡くなる。死の五ヶ月前に「やっぱりあなたたちと一緒になりたいわ」と洩らしたと言い(4)、四月十二日に葉子によって受洗している。創作者であった間、葛原はどのような宗教への帰依も拒んでいた。だが、創作者であることを止めた時に受け容れたこの受洗をどう考えるかは今後の葛原の文学の課題であろう。

葛原妙子は詩人の中原中也と同じ年の生まれである。中原は第二次世界大戦の前に亡くなっているためか、近代の詩人のイメージがある。それに対して葛原は戦後本格的な活動を始めたため、現代の歌人として了解されている。この違いは、戦争体験を文学の課題として背負ったか否かの違いによるのではないか。中原が湛えている近代青年のメランコリーは、葛原に比較すれば甘く、濡れている。それに対して葛原はメランコリーを許されぬ戦後人の乾いた厳しい抒情を湛えている。

戦後という時代の問いの背負い方はさまざまである。塚本邦雄が『日本人靈歌』が象徴するように「日本人」として背負ったとすれば、葛原はキリスト教世界を通じて「人類」として背負った感がある。戦後の世界に潜む人間存在の不安、「原不安」を自らのものとして抱え、あらゆるものにその影を見ようとした。その方法を次の歌がよく示している。

あきらかにものをみむとしまづあきらかに目を閉ざしたり　『朱靈』

見るために閉ざす目。これこそ葛原が切り拓いた方法に他ならない。

1　上田三四二『戦後短歌史』三一書房
2　穴澤芳江『わが師、葛原妙子』角川書店
3　以降引用は『孤宴』より
4　猪熊葉子『児童文学最終講義』による

読書案内

葛原妙子の著作はほぼ絶版・品切れ状態である。また、葛原を論じた著作・刊行物も同様である。以下は、古書や図書館での探索などの手掛かりとして代表的なものをあげる。

全歌集

『葛原妙子全歌集』砂子屋書房　2002年
　初句索引が附された現時点での最も包括的な全歌集（四九六六首）である。解説は森岡貞香。本書での引用等は原則的にはこの全歌集に基づく。

（参考）

『葛原妙子全歌集』短歌新聞社　1987年
　葛原妙子の死後まもなく刊行された砂子屋版に先立つ全歌集。解説は森岡貞香。

『葛原妙子歌集』三一書房　1974年
　生前に刊行された作品集であり、第七歌集『朱靈』までを収める。なお、第二歌集『縄文』第四歌集『薔薇窓』は、本書ではじめて公刊された。

短歌選集

『現代歌人文庫6　葛原妙子集』国文社　1986年
　歌集『葡萄木立』の完本と歌集選（中井英夫選四二〇首）、歌論・エッセイ・作家論から成り、長らく標準的な葛原妙子読本として親しまれてきた。

『現代短歌全集11』『現代短歌全集14』筑摩書房　1981年

それぞれ歌集『橙黄』『原牛』を完本で収めている。この全集は、明治から昭和四十五年刊行の佐佐木幸綱『群黎』までの代表的な歌集二五〇冊を集成している。第二次世界大戦後（10〜15巻）女性歌人は、山田あき、中川幹子、五島美代子、森岡貞香、三国玲子、中条ふみ子、馬場あき子、河野愛子、遠山光栄、初井しづ枝、大西民子、富小路禎子、四賀光子、松田さえ子（尾崎左永子）、生方たつゑ、真鍋美恵子、安永蕗子、山中智恵子、安立スハル、山田あきがそれぞれ一冊、併せて二〇冊（全体は一一五冊）収められている。なお、この全集は後に昭和四十六年から昭和末までの時期を河野裕子や俵万智らの歌集を収めた二巻で補っている。

『現代歌人叢書23　雁之食』短歌新聞社　1975年

第四歌集から第七歌集までの四歌集からの自選歌集（五三八首）である。

『現代短歌大系7　塚本邦雄　岡井隆　葛原妙子』三一書房　1972年

歌集『原牛』完本と歌集選（三〇〇首）。大岡信・塚本邦雄・中井英夫の「責任編集」と銘打った企画の一冊であり、「前衛短歌の伴走者」という葛原の位置付けを改めて確認することになった。なお、女性でこの大系に収められたのは、五島美代子、齋藤史、生方たつゑ、石川不二子であった。

散文

『孤宴（ひとりうたげ）』小沢書店　1981年

折々の機会に書かれたエッセイを集めた随想集。独特の感受性に加えて洒脱さなども感じさせる。作歌の背景も記されるが背景というより創造的な増幅として読める。

参考書

塚本邦雄『百珠百華　葛原妙子の宇宙』花曜社　1982年（砂子屋書房　2002年再刊）

葛原生前に刊行された一〇〇首選および鑑賞、さらに「遺珠百五十撰」として一五〇首。選に塚本ならではの特色があり、独自の美学によって葛原像を描く。

稲葉京子『鑑賞・現代短歌二　葛原妙子』本阿弥書店　1992年

全12巻のシリーズの一冊。稲葉の歌人としての感性と葛原のそれとが触れ合う面白さがある。一〇〇首選および鑑賞、さらに「秀歌三百首選」を付す。

結城　文『葛原妙子　歌への奔情』ながらみ書房　1997年

最も早い葛原論であり葛原に関わるさまざまなトピックスを幅広く紹介している。葛原が参加した『潮音』『女人短歌』などからの転載資料を収める。

寺尾登志子『われは燃えむよ　葛原妙子論』ながらみ書房　2003年

歌集ごとに秀歌と注目すべき歌、さらには歌集編集の経緯についての問題なども取り上げ鑑賞と検討を加えた著作。葛原の全体像を浮かび上がらせる。

川野里子『幻想の重量——葛原妙子の戦後短歌』本阿弥書店　2009年

戦後短歌史のなかに葛原を位置づけ、その表現の意味を探る拙著。森岡貞香へのインタビューを収載。

現代短歌を読む会編『葛原妙子論集』現代短歌を読む会　2015年
「現代短歌を読む会」のメンバーである尾崎まゆみ、彦坂美喜子、山下泉、吉野亜矢、楠見朋彦の五名による論集。

穴澤芳江『我が師、葛原妙子』角川書店　2016年
葛原との長年にわたる師弟としての関わりから、歌人としてだけではない葛原のさまざまな側面を描いている。

寺島博子『葛原妙子と齋藤史──『朱霊』と『ひたくれない』』六花書林　2017年
二歳違いの二人の共に六十代の代表歌集『朱霊』と『ひたくれない』を中心に、さまざまなトピックスについて類似・対比・対照を自由に論じた著作。

雑誌特集号（短歌選を含むもの）

「特集　葛原妙子」『短歌現代』1988年2月号
「葛原妙子100首」安永蕗子選を含む特集号

「特集　華麗なる女流・葛原妙子」『短歌』1992年9月号
「葛原妙子百首選」森岡貞香選を含む特集号

「特集　現代女流短歌の原型　葛原妙子」『短歌』1999年3月号
「葛原妙子秀歌五十首」森岡貞香選を含む特集号

文献学的な論点の幾つかについては中西亮太氏のブログも参照されたい。

【著者プロフィール】

川野里子（かわの・さとこ）

昭和34年大分県生まれ。千葉大学大学院文学研究科修士課程修了。歌集に『王者の道』（第15回若山牧水賞）、『硝子の島』（第10回小野市詩歌文学賞）、『歓待』など。評論集に『幻想の重量―葛原妙子の戦後短歌』（第6回葛原妙子賞）、『七十年の孤独―戦後短歌からの問い』など。歌誌「かりん」選者、編集委員。

葛《くず》原《はら》妙《たえ》子《こ》　コレクション日本歌人選 070

2019年7月25日　初版第1刷発行

著者　川野里子

装幀　芦澤泰偉

発行者　池田圭子

発行所　笠間書院

〒101-0064　東京都千代田区神田猿楽町2-2-3

NDC分類911.08　電話03-3295-1331 FAX03-3294-0996

ISBN978-4-305-70910-3

本文組版：ステラ　印刷／製本：モリモト印刷

乱丁・落丁本はお取り替えいたします。　（本文紙中性紙使用）

出版目録は上記住所または、info@kasamashoin.co.jp までご一報ください。

コレクション日本歌人選　第Ⅰ期〜第Ⅲ期　全60冊！

第Ⅰ期　20冊　2011年（平23）2月配本開始

1	柿本人麻呂	かきのもとのひとまろ	高松寿夫
2	山上憶良	やまのうえのおくら	辰巳正明
3	小野小町	おののこまち	大塚英子
4	在原業平	ありわらのなりひら	中野方子
5	紀貫之	きのつらゆき	田中登
6	和泉式部	いずみしきぶ	高木和子
7	清少納言	せいしょうなごん	圷美奈子
8	源氏物語の和歌	げんじものがたりのわか	高野晴代
9	相模	さがみ	武田早苗
10	式子内親王	しょくしないしんのう（しきしないしんのう）	平井啓子
11	藤原定家	ふじわらていか（さだいえ）	村尾誠一
12	伏見院	ふしみいん	阿尾あすか
13	兼好法師	けんこうほうし	丸山陽子
14	戦国武将の歌		綿抜豊昭
15	良寛	りょうかん	佐々木隆
16	香川景樹	かがわかげき	岡本聡
17	北原白秋	きたはらはくしゅう	國生雅子
18	斎藤茂吉	さいとうもきち	小倉真理子
19	塚本邦雄	つかもとくにお	島内景二
20	辞世の歌		松村雄二

第Ⅱ期　20冊　2011年（平23）10月配本開始

21	額田王と初期万葉歌人	ぬかたのおおきみしょきまんようかじん	梶川信行
22	東歌・防人歌	あずまうたさきもりうた	近藤信義
23	伊勢	いせ	中島輝賢
24	忠岑と躬恒	みぶのただみねおおしこうちのみつね	青木太朗
25	今様	いまよう	植木朝子
26	飛鳥井雅経と藤原秀能	まさつねひでよし	稲葉美樹
27	藤原良経	ふじわらのよしつね（りょうけい）	小山順子
28	後鳥羽院	ごとばいん	吉野朋美
29	二条為氏と為世	にじょうためうじためよ	日比野浩信
30	永福門院	えいふくもんいん（ようふくもんいん）	小林守
31	頓阿	とんな（とんあ）	小林大輔
32	松永貞徳と烏丸光広	ていとくみつひろ	高梨素子
33	細川幽斎	ほそかわゆうさい	加藤弓枝
34	芭蕉	ばしょう	伊藤善隆
35	石川啄木	いしかわたくぼく	河野有時
36	正岡子規	まさおかしき	矢羽勝幸
37	漱石の俳句・漢詩		神山睦美
38	若山牧水	わかやまぼくすい	見尾久美恵
39	与謝野晶子	よさのあきこ	入江春行
40	寺山修司	てらやましゅうじ	葉名尻竜一

第Ⅲ期　20冊　2012年（平24）6月配本開始

41	大伴旅人	おおとものたびと	中嶋真也
42	大伴家持	おおとものやかもち	小野寛
43	菅原道真	すがわらみちざね	佐藤信一
44	紫式部	むらさきしきぶ	植田恭代
45	能因	のういん	高重久美
46	源俊頼	みなもとのとしより（しゅんらい）	高野瀬恵子
47	源平の武将歌人		上宇都ゆりほ
48	西行	さいぎょう	橋本美香
49	鴨長明と寂蓮	ちょうめいじゃくれん	小林一彦
50	俊成卿女と宮内卿	しゅんぜいきょうじょくないきょう	近藤香
51	源実朝	みなもとのさねとも	三木麻子
52	藤原為家	ふじわらためいえ	佐藤恒雄
53	京極為兼	きょうごくためかね	石澤一志
54	正徹と心敬	しょうてつしんけい	伊藤伸江
55	三条西実隆	さんじょうにしさねたか	豊田恵子
56	おもろさうし		島村幸一
57	木下長嘯子	きのしたちょうしょうし	大内瑞恵
58	本居宣長	もとおりのりなが	山下久夫
59	僧侶の歌	そうりょのうた	小池一行
60	アイヌ神謡ユーカラ		篠原昌彦

推薦する――「コレクション日本歌人選」

篠　弘

●伝統詩から学ぶ

啄木の『一握の砂』、牧水の『別離』、さらに白秋の『桐の花』、茂吉の『赤光』が出てから、百年を迎えようとしている。こうした近代の短歌は、人間を詠みうる詩形として復活してきた。しかし、実生活や実人生を詠むばかりではなかった。その基調に、己が風土を見つめ、豊穣な自然を描出するという、万葉以来の美意識が深く作用していたことを忘れてはならない。季節感に富んだ風物と心情との一体化が如実に試みられていた。

この企画の出発によって、若い詩歌人たちが、秀歌の魅力を知る絶好の機会となるであろう。また和歌の研究者も、その深処を解明するために実作を始められてほしい。そうした果敢なる挑戦をうながすものとなるにちがいない。多くの秀歌に遭遇しうる至福の企画である。

松岡正剛

●日本精神史の正体

和泉式部がひそんで塚本邦雄がさんざめく。道真がタテに歌って啄木がヨコに詠む。西行法師が往時を彷徨して寺山修司が現在を走る。実に痛快で切実な組み立てだ。こういう詩歌人のコレクションはなかった。待ちどおしい。

和歌・短歌というものは日本人の背骨であって、日本語の源泉である。日本の文学史そのものであって、日本精神史の正体なのである。そのへんのことはこのコレクションのすぐれた解説を読まれるといい。

その一方で、和歌や短歌には今日のメールやツイッターに通じる軽みや速さや愉快がある。たちまち手に取れるし、目に綾をつくってくれる。漢字・旧仮名・ルビを含めて、このショートメッセージの大群からそういう表情をぞんぶんにも楽しまれたい。

コレクション日本歌人選　第Ⅳ期

第Ⅳ期　20冊　2018年（平30）11月配本開始

61	高橋虫麻呂と山部赤人	たかはしのむしまろ とやまべのあかひと	多田一臣
62	笠女郎	かさのいらつめ	遠藤宏
63	藤原俊成	ふじわらしゅんぜい	渡邉裕美子
64	室町小歌	むろまちこうた	小野恭靖
65	蕪村	ぶそん	揖斐高
66	樋口一葉	ひぐちいちよう	島内裕子
67	森鷗外	もりおうがい	今野寿美
68	会津八一	あいづやいち	村尾誠一
69	佐佐木信綱	ささきのぶつな	佐佐木頼綱
70	葛原妙子	くずはらたえこ	川野里子
71	佐藤佐太郎	さとうさたろう	大辻隆弘
72	前川佐美雄	まえかわさみお	楠見朋彦
73	春日井建	かすがいけん	水原紫苑
74	竹山広	たけやまひろし	島内景二
75	河野裕子	かわのゆうこ	永田淳
76	おみくじの歌	おみくじのうた	平野多恵
77	天皇・親王の歌	てんのう・しんのうのうた	盛田帝子
78	戦争の歌	せんそうのうた	松村正直
79	プロレタリア短歌	ぷろれたりあたんか	松澤俊二
80	酒の歌	さけのうた	松村雄二